GRöLS Verlage

„BÜCHER SIND WIE FALLSCHIRME. SIE NÜTZEN UNS NICHTS, WENN WIR SIE NICHT ÖFFNEN.“

Gröls Verlag

Redaktionelle Hinweise und Impressum

Das vorliegende Werk wurde zugunsten der Authentizität sehr zurückhaltend bearbeitet. So wurden etwa ursprüngliche Rechtschreibfehler *nicht* systematisch behoben, denn kleine Unvollkommenheiten machen das Buch – wie im Übrigen den Menschen – erst authentisch. Mitunter wurden jedoch zum Beispiel Absätze behutsam neu getrennt, um den Lesefluss zu erleichtern.

Um die Texte zu rekonstruieren, werden antiquarische Bücher von Lesegeräten gescannt und dann durch eine Software lesbar gemacht. Der so entstandene Text wird von Menschen gegengelesen und korrigiert – hierbei treten auch Fehler auf. Wenn Sie ebenfalls antiquarische Texte einreichen möchten, finden Sie weitere Informationen auf www.groels.de

Viel Freude bei der Lektüre wünscht Ihnen das Team des Gröls-Verlags.

Adressen

Verleger: Sophia Gröls, Im Borngrund 26, 61440 Oberursel

Externer Dienstleister für Distribution & Herstellung: BoD, In de Tarpen 42, 22848 Norderstedt

Unsere „Edition | Werke der Weltliteratur“ hat den Anspruch, eine der größten und vollständigsten Sammlungen klassischer Literatur in deutscher Sprache zu sein. Nach und nach versammeln wir hier nicht nur die „üblichen Verdächtigen“ von Goethe bis Schiller, sondern auch Kleinode der vergangenen Jahrhunderte, die – zu Unrecht – drohen, in Vergessenheit zu geraten. Wir kultivieren und kuratieren damit einen der wertvollsten Bereiche der abendländischen Kultur. Kleine Auswahl:

Francis Bacon • Neues Organon • **Balzac** • Glanz und Elend der Kurtisanen • **Joachim H. Campe** • Robinson der Jüngere • **Dante Alighieri** • Die Göttliche Komödie • **Daniel Defoe** • Robinson Crusoe • **Charles Dickens** • Oliver Twist • **Denis Diderot** • Jacques der Fatalist • **Fjodor Dostojewski** • Schuld und Sühne • **Arthur Conan Doyle** • Der Hund von Baskerville • **Marie von Ebner-Eschenbach** • Das Gemeindekind • **Elisabeth von Österreich** • Das Poetische Tagebuch • **Friedrich Engels** • Die Lage der arbeitenden Klasse • **Ludwig Feuerbach** • Das Wesen des Christentums • **Johann G. Fichte** • Reden an die deutsche Nation • **Fitzgerald** • Zärtlich ist die Nacht • **Flaubert** • Madame Bovary • **Gorch Fock** • Seefahrt ist not! • **Theodor Fontane** • Effi Briest • **Robert Musil** • Über die Dummheit • **Edgar Wallace** • Der Frosch mit der Maske • **Jakob Wassermann** • Der Fall Maurizius • **Oscar Wilde** • Das Bildnis des Dorian Grey • **Émile Zola** • Germinal • **Stefan Zweig** • Schachnovelle • **Hugo von Hofmannsthal** • Der Tor und der Tod • **Anton Tschechow** • Ein Heiratsantrag • **Arthur Schnitzler** • Reigen • **Friedrich Schiller** • Kabale und Liebe • **Nicolo Machiavelli** • Der Fürst • **Gotthold E. Lessing** • Nathan der Weise • **Augustinus** • Die Bekenntnisse des heiligen Augustinus • **Marcus Aurelius** • Selbstbetrachtungen • **Charles Baudelaire** • Die Blumen des Bösen • **Harriett Stowe** • Onkel Toms Hütte • **Walter Benjamin** • Deutsche Menschen • **Hugo Bettauer** • Die Stadt ohne Juden • **Lewis Caroll** • *und viele mehr….*

William Shakespeare

Romeo und Julia

Übersetzt von August Wilhelm von Schlegel

Inhalt

Personen

Escalus , *Fürst von Verona.*

Paris , *ein junger Cavalier, dem Fürsten verwandt, und Juliettens Liebhaber.*

Montague *und* **Capulet** , *die Häupter von zween edlen Geschlechtern, die in Feindschaft mit einander stehen.*

Romeo , *Montaguens Sohn.*

Mercutio , *ein Verwandter des Fürsten, und Romeos Freund.*

Benvolio , *Vetter und Freund des Romeo.*

Tybalt , *Neffe des Capulet.*

Bruder Lorenz *und* **Bruder Johann** , *Mönche.*

Balthasar , *Bedienter von Romeo.*

Ein Edelknabe des Paris.

Sampson *und* **Gregorio** , *Capulets Bediente.*

Abraham , *ein Bedienter von Montague.*

Ein Apotheker.

Simon Kazen-Darm, Hug Leyermann *und* **Samuel Windlade** , *Musicanten.*

Peter , *der Amme Diener.*

Lady Montague.

Lady Capulet.

Julietta , *Capulets Tochter.*

Die Amme derselben.

Bürger von Verona, Masken, Trabanten, Wache, und andre stumme Personen.

Die Scene ist im Anfang des fünften Aufzugs in Mantua, und sonst immer in Verona.

Erster Aufzug

Erste Scene

Eine Strasse in Verona.

Sampson und Gregorio, zween Bediente der Capulets, treten mit Schwerdtern und Schilden bewaffnet auf, und ermuntern einander sich tapfer gegen die Montägues zu halten; ihre ganze Unterredung ist ein Gewebe von Wortspielen, Doppelsinn und Zoten.

Abraham und Balthasar zu den Vorigen.

Gregorio *zu Sampson.*
Zieh vom Leder, hier kommen ein Paar von den Montägischen – –

Sampson. Meine Fuchtel ist heraus; fang nur Händel an, ich will dir den Weg weisen – –

Gregorio. So? Willt du davon lauffen?

Sampson. Sey ohne Sorge, ich will stehen wie eine Mauer; aber es ist doch das Sicherste, wenn wir das Gesez auf unsrer Seite haben; wir wollen sie anfangen lassen.

Gregorio. Ich will die Nase rümpfen, indem ich bey ihnen vorbeygehe; sie mögen's dann aufnehmen, wie sie es verstehen.

Sampson. Oder wie sie das Herz dazu haben. Ich will meinen Daumen gegen sie beissen, welches eine Beschimpfung für sie ist, wenn sie's leiden.

Abraham. Beißt ihr euern Daumen gegen uns, Herr?

Sampson. Ich beisse meinen Daumen, Herr.

Abraham. Beißt ihr euern Daumen gegen uns, Herr?

Sampson *zu Gregorio leise.*
Ist das Gesez auf unsrer Seite, wenn ich sage, ja?

Gregorio. Nein.

Sampson *laut.*

Nein, Herr, ich beisse meinen Daumen nicht gegen euch, Herr: Aber ich beisse doch meinen Daumen, Herr.

Gregorio. Sucht ihr Händel, Herr?

Abraham. Händel, Herr? Nein, Herr.

Sampson. Wenn ihr's thut, Herr, so bin ich auch da, ich diene einem so brafen Mann als ihr.

Abraham. Keinem bessern.

Sampson. Gut, Herr.

Benvolio zu den Vorigen.

Gregorio *zu Sampson leise.*

Sag, einem bessern: Hier kommt einer von unsers Herrn Neffen.

Sampson *laut.*

Ja, einem bessern, Herr.

Abraham. Ihr lügt.

Sampson. Zieht, wenn ihr Männer seyd – – Gregorio, das war eine Ohrfeige, die du nicht einsteken must – –

Benvolio. Aus einander, ihr Narren, stekt eure Degen ein, ihr wißt nicht was ihr thut.

Tybalt zu den Vorigen.

Tybalt. Wie, du ziehst deinen Degen gegen diese verzagten Hasen? Kehre dich um, Benvolio, und sieh deinen Tod an.

Benvolio. Ich mache nur Frieden; stek deinen Degen ein, oder brauch' ihn, mir Friede unter diesen Leuten machen zu helfen.

Tybalt. Wie, mit gezogenem Degen von Frieden schwazen? Ich hasse diess Wort wie die Hölle, wie alle Montägues und dich – – wehr dich, H**

(Sie fechten.)

Drey oder vier Bürger mit Knitteln treten auf.

Ein Bürger. Knittel, Spiesse, Hellebarden her! Schlagt zu! Schlagt sie nieder! Zu Boden mit den Capulets! Zu Boden mit den Montägues!

Der alte Capulet in einem Schlafrok, und Lady Capulet.

Capulet. Was für ein Lerm ist das? Gebt mir meinen langen Degen, he!

Lady Capulet. Eine Krüke, eine Krüke – – was wollt ihr mit einem Degen machen?

Capulet. Meinen Degen, sag ich; da kommt der alte Montague, und fuchtelt mir mit seiner Klinge unter die Nase – –

Der alte Montague, und Lady Montague.

Montague. Du nichtswürdiger Capulet – – Halt mich nicht, laß mich gehn!

Lady Montague. Du sollt mir keinen Fuß rühren, um einen Feind zu suchen.

Der Fürst von Verona mit seinem Gefolge tritt auf, erzürnt sich gewaltig über diesen Unfug, wirft den beyden Alten vor, daß sie ihrer Familien-Feindschaft wegen Verona schon dreymal in Aufruhr gesezt, verbietet ihnen bey Todes-Straffe die Strassen nicht mehr zu beunruhigen, und tritt, nachdem er sie geschieden, wieder ab.

Zweyte Scene

Der alte Montague, Lady Montague, und Benvolio bleiben zurük.

Lady. Wer brachte diesen alten Handel wieder in Bewegung? Redet, Neffe, war't ihr dabey, wie er angieng?

Benvolio. Hier fand ich die Bedienten euers Gegentheils, und die eurigen, die sich mit einander herumschlugen, wie ich kam; ich brachte sie aus einander: In dem nemlichen Augenblik kam der feurige Tybalt mit gezognem Degen, den er unter drohenden Herausforderungen über meinem Kopf schwang, und damit auf die Winde zuhieb, die so wenig nach seinen Streichen fragten, daß sie ihn noch dazu auszischten. Wie wir nun an einander waren, so kamen immer mehr Leute, und fochten zu beyden Seiten, bis der Fürst kam, und uns aus einander sezte.

Lady. O wo ist Romeo? Habt ihr ihn heute nie gesehen? Ich bin recht froh, daß er nicht bey dieser Schlägerey war.

Benvolio. Madam, eine Stunde eh die Sonne aufgieng, trieb mich ein beunruhigtes Gemüth aufzustehen, und vor die Stadt hinaus zu gehen; und da traf ich auf der West-Seite der Stadt euern Sohn einsam unter einem Gang von Egyptischen Feigen-Bäumen an. Ich gieng auf ihn zu; aber kaum ward er mich gewahr, so schlich er sich in das dichteste Gehölze. Ich urtheilte von seiner Gemüths-Beschaffenheit nach der meinigen, (denn wir sind innerlich nie mehr beschäftigst, als wenn wir die Einsamkeit suchen,) und anstatt ihm nachzugehen, gieng ich meinen Gedanken nach, und war so vergnügt, daß er mich ausgewichen hatte, als er selbst.

Montague. Schon manchen Morgen ist er dort gesehen worden, wie er den frischen Morgenthau mit seinen Thränen, und die Morgen-Wolken mit tieffen Seufzern vermehrte; aber kaum fängt die alles erfreuende Sonne an, im fernsten Osten die Vorhänge von Aurorens Bette wegzuziehen, so schleicht sich der schwermüthige Jüngling vom Licht nach Hause und kerkert sich in sein Zimmer ein, versperrt seine Fenster, schließt das schöne Tageslicht hinaus, und macht sich selbst eine erkünstelte Nacht. Er muß nothwendig in einen schwarzen und Unglük-brütenden Humor verfallen wenn nicht bey Zeiten darauf gedacht wird, die Ursache des Uebels wegzuräumen.

Benvolio. Mein edler Oheim, kennt ihr die Ursache?

Montague. Ich kenne sie nicht, und kan sie auch nicht aus ihm herausbringen.

Benvolio. Habt ihr schon in ihn gedrungen?

Montague. Durch euch selbst und durch viele andre Freunde, aber vergebens; seines eignen Herzens geheimer Rathgeber, ist er gegen sich selbst, ich will nicht sagen so getreu, aber doch so geheim und verschwiegen, so entfernt sich selbst zu verrathen, oder nur einer Muthmassung Grund zu geben, als eine Blumen-Knospe, die von einem inwendig verborgnen Wurm gebissen worden, eh sie ihre zarten Schwingen an der Luft ausspreiten, und ihre Schönheit der Sonne wiedmen konnte. Könnt' ich nur erfahren, woher sein Kummer entspringt, es sollte ihm augenbliklich abgeholfen werden.

Romeo tritt auf.

Benvolio. Hier kommt er selbst; wenn's euch beliebt, so gehet bey Seite; ich will sein Geheimniß ausfündig machen, oder ich müßte mich sehr betrügen.

Montague. Ich wünsche, daß du so glüklich seyn mögest – – Kommt Madam, wir wollen gehen.

(Sie gehen ab.)

Benvolio. Guten Morgen, Vetter.

Romeo. Ist der Tag noch so jung?

Benvolio. Es hat eben neune geschlagen.

Romeo. Weh mir! Wie lang scheinen uns Kummer-volle Stunden! War das mein Vater, der so eilfertig sich entfernte?

Benvolio. Er war's; aber was für ein Kummer verlängert Romeo's Stunden?

Romeo. Der Kummer, das nicht zu haben, was sie verkürzen würde.

Benvolio. Seyd ihr verliebt?

Romeo. Ohne Hoffnung wieder geliebt zu werden.

Benvolio. Wie Schade, daß die Liebe, die von Ferne so reizend anzusehen ist, so grausam und tyrannisch seyn soll, so bald sie uns erreicht!

Romeo. Wie Schade, daß die Liebe, mit verbundnen Augen, Pfade zu ihrem Unglük sehen soll! – – Wo werden wir zu Mittag essen? – – Weh mir! – – Was für ein Tumult war vorhin? – – Doch sagt mir nichts davon, ich hab alles schon gehört. Der Haß macht hier viel zu thun, aber die Liebe noch mehr: Wie dann, o mißhellige Liebe! o liebender Haß! O unwesentliches Etwas, und würkliches Nichts! So leicht und doch zu Boden drükend! So ernsthaft und doch Tand! Du ungestaltes Chaos von reizenden Phantomen! Bleyerne Feder, glänzender Rauch, kaltes Feuer, kranke Gesundheit, immerwachender Schlaf – – o! du wunderbares Gemisch von Seyn und Nichtseyn! – – Das ist die Liebe die ich fühle, ohne in dem was ich fühle die Liebe zu erkennen – – Lachst du nicht?

Benvolio. Nein, Vetter, ich möchte lieber weinen.

Romeo. Du gutes Herz! Worüber?

Benvolio. Dein gutes Herz so beklemmt zu sehen.

Romeo. Du vermehrest meinen Kummer durch den deinigen, anstatt ihn zu erleichtern. – – Liebe ist ein Rauch, der vom Hauch der Seufzer erregt wird, aber gereinigt ein Feuer das in der Liebenden Augen schimmert – – Unglükliche Liebe ist eine See, die mit den Thränen der Liebenden genährt wird; was ist sie noch mehr? Eine vernünftige Tollheit, eine erstikende Galle, eine erquikende Herzstärkung – – Lebt wohl, Vetter.

(Er will gehen.)

Benvolio. Sachte, ich will mitgehen. Ihr beleidigt meine Freundschaft, wenn ihr mich auf eine solche Art verlaßt.

Romeo. Still! Ich habe mich selbst verlohren, ich bin nicht hier; das ist nicht Romeo, er ist sonst irgendwo.

Benvolio. – – Aber wer ist dann die Person, die du liebst?

Romeo. Ich will dir's sagen, Vetter; ich liebe – – ein Weibsbild.

Benvolio. Das errieth ich, sobald ich merkte, daß ihr verliebt wäret.

Romeo. Du hast eine vortreffliche Gabe zum Errathen – – und sie ist schön, die ich liebe.

Benvolio. Ein schönes Ziel ist desto leichter zu treffen.

Romeo. Aber sie wird von Cupido's Pfeile nicht getroffen werden; sie hat Dianens Sprödigkeit, und lebt in der wolgestählten Rüstung ihrer Keuschheit sicher vor Amors kindischem Bogen. Sie sezt sich keinen nachstellenden Bliken aus, sie öffnet ihr Ohr keinen Liebes-Erklärungen, noch ihren Schooß dem Golde, das sonst oft die Heiligen selbst verführt. O! Sie ist reich an Schönheit, und allein darinn arm, daß der ganze Schaz der Schönheit, in ihr versammelt, sterblich ist.

Benvolio. Hat sie denn geschworen, daß sie in ewiger Jungfrauschaft leben will?

Romeo. Sie hat, und macht sich durch diese Sparsamkeit einer ungeheuren Verschwendung schuldig. Denn Schönheit, die durch ihre eigne Strenge umkommt, vernichtet auf einmal die Schönheit einer ganzen Nachkommenschaft. Sie ist zu weise um so schön, oder zu schön um so weise zu seyn; und es ist grausam an ihr, den Himmel damit verdienen zu wollen, daß sie mich zur Verzweiflung treibt – –

Benvolio. Laßt euch einen guten Rath geben, und vergeßt, an sie zu denken.

Romeo. O lehre mich erst, wie ich vergessen kan, mich meiner selbst zu erinnern.

Benvolio. Gieb deinen Augen ihre Freyheit wieder; lenke deine Aufmerksamkeit auf andre Schönheiten.

Romeo. Das wäre das Mittel, alle Augenblike an den Vorzug der ihrigen erinnert zu werden. Diese glüklichen Schleyer, die die Stirne schöner Damen küssen, erheben durch ihre Schwärze, die Schönheit, so sie verbergen. Wer durch einen Unfall blind worden ist, kan nicht vergessen, was für einen kostbaren Schaz er mit seinem Gesicht verlohren hat. Zeigt mir ein Frauenzimmer, das unter tausenden die schönste ist; wozu kan mir ihre Schönheit dienen, als zu einem Spiegel, worinn ich diejenige erblike, die noch schöner als die schönste ist? Lebe wohl, und gieb' es auf, mich sie vergessen zu lehren.

Benvolio. Ich will diesen Unterricht bezahlen, oder als Schuldner sterben.

(Sie gehen ab.)

Dritte Scene

Capulet, Paris, und ein Bedienter treten auf.

Capulet. Montague ist so gut gebunden als ich; er hat die nemliche Straffe zu befürchten; und für alte Leute wie wir sind, sollt' es nicht schwer seyn, Frieden zu halten.

Paris. Ihr seyd beyde rechtschaffne Männer, und es ist recht zu bedauren, daß ihr so lang in Mißhelligkeit gelebt habt – – Aber nun, gnädiger Herr, was sagt ihr zu meiner Anwerbung?

Capulet. Ich kann euch nichts anders sagen, als was ich schon gesagt habe: Mein Kind ist noch ein neu angekommener Fremdling in der Welt, sie hat noch nicht vierzehn Jahre gesehen; laßt wenigstens noch zween Sommer verblühen, eh wir denken können, daß sie zum Braut-Stande reif sey.

Paris. Jüngere als sie, sind schon glükliche Mütter geworden.

Capulet. Und verderben auch desto früher, je frühzeitigere Früchte von ihnen erzwungen werden. Die Erde hat alle meine andern Hoffnungen verschlungen; ich habe kein Kind als sie; sie ist das einzige Vergnügen meines Alters, indeß bewirb dich bey ihr selbst um sie, mein lieber Paris, such ihr Herz zu gewinnen; wenn du ihren Beyfall hast, so hast du meine Einwilligung. Diese Nacht geb' ich, einer alten Gewohnheit nach, ein Gastmahl, wozu ich viele werthe Freunde eingeladen habe: Vermehret ihre Anzahl, unter allen soll mir keiner willkommner seyn. Ihr werdet diese Nacht in meinem armen Haus irdische Sterne sehen, welche die himmlischen selbst verdunkeln können. Ihr werdet mit dem Vergnügen, das muntre junge Leute fühlen wenn der schmuke April den hinkenden Winter vor sich hertreibt, unter einem Frühling voll neu entfalteter Mädchen-Knospen wandeln; betrachtet sie alle, höret alle, und laßt euch diejenige am besten gefallen, die es am meisten verdient; ihr werdet so viele liebenswürdigere finden, daß die meinige sich unbemerkt in der Menge verliehren wird. Kommt, geht mit mir – – Du, Bursche, geh, trotte ganz Verona durch, und lade die Personen zu mir ein, deren Namen auf diesem Zettel stehen – –

(Capulet und Paris gehen ab.)

Bedienter. Lade mir die Personen ein, die auf diesem Zettel stehen – – Es steht geschrieben, der Schuster soll sich mit seinem Ellen-Stab abgeben, der Schneider mit seinem Leist, der Fischer mit seinem Pinsel, und der Mahler mit seinem Nez. Aber ich soll die Personen finden, deren Namen hier geschrieben sind, und kan doch nicht finden, was für Namen die schreibende Person hieher geschrieben hat. Ich muß mich bey den Gelehrten Raths erholen – – Da lauffen mir gerad ihrer ein Paar in die Hände – –

Benvolio und Romeo treten auf.

Benvolio. Still, Mann! Eine Hize treibt die andre aus, und die Pein eines Schmerzens wird durch einen andern Schmerz vermindert; wenn dir taumlicht ist, so hilfst du dir damit, daß du dich wieder zurük drehest, und deiner Hoffnungslosen Liebe kan nicht besser als durch eine neue geholfen werden.

Romeo. Wegbreit-Blätter sind unvergleichlich für das.

Benvolio. Für was, wenn man bitten darf?

Romeo. Für euern Beinbruch.

Benvolio. Wie, Romeo, bist du toll?

Romeo. Nicht toll, aber fester angebunden als irgend einer im Tollhause; in ein Gefängniß eingesperrt, zur Hunger-Cur verurtheilt, gepeitscht und gepeinigt: Und – – guten Abend, Camerad – – *(Zum Bedienten.)*

Bedienter. Einen guten Abend geb' euch Gott: Ich bitte euch, Herr, könnt ihr lesen?

Romeo. Ja, mein Schiksal in meinem Unglük.

Bedienter. Vielleicht habt ihr ohne Buch lesen gelernt; aber ich bitte euch, könnt ihr alles lesen was ihr seht?

Romeo. Ja, wenn ich die Buchstaben und die Sprache weiß.

Bedienter. Das ist gesprochen wie ein Bidermann – – Gott behüt' euern guten Humor!

(Er will gehen.)

Romeo. Bleib, Bursche, ich kan lesen – –

Er ließt das Papier.

Signor Martino und seine Frau und Töchter: Graf Anselmo und seine schönen Schwestern; die verwittibte Donna Vitruvia; Signor Placentio und seine liebenswürdige Nichten; Mercutio und sein Bruder Valentin; mein Oheim Capulet mit Frau und Töchtern; meine schöne Nichte Rosalinde; Livia, Signor Valentio und sein Vetter Tybalt; Lucio, und die lebhafte Signora Helena – –

Eine hübsche Assamblee, und wohin sollen sie kommen?

Bedienter. Herauf – –

Romeo. Wohin?

Bedienter. Zum Nacht-Essen in unser Haus.

Romeo. In wessen Haus?

Bedienter. In meines Herren seines.

Romeo. In der That, das hätte ich dich vorher fragen sollen.

Bedienter. Nein, ich will euch eine Müh ersparen. Mein Herr ist der grosse reiche Capulet, und wenn ihr keiner vom Haus der Montägues seyd, so bitt' ich euch, kommt, und helft uns die Gläser ausleeren. Eine gute Zeit.

(Geht ab.)

Benvolio. Wie wohl sich das fügt! die schöne Rosalinde, in die du so verliebt bist, wird mit allem was das Schönste in Verona ist, diesem Familien-Gastmal der Capulets beywohnen. Geh du auch hin, vergleich mit unpartheyischen Augen ihr Gesicht mit einigen, die ich dir zeigen will, und du sollst finden, daß dein Schwan eine Krähe ist.

Romeo. Eine schönere als meine Liebe! die allsehende Sonne sah niemals ihres gleichen, seit die Welt begann.

Benvolio. Gut, gut! Ihr habt sie nur gesehen, wenn keine andre dabey war, und ihr sie, in beyden Augen, nur mit sich selbst abwoget; aber laßt ihre Reizungen in diesen crystallnen Waagschaalen gegen ein gewisses andres Mädchen, das ich euch bey diesem Gastmahl in seinem vollen Glanze zeigen will, abgewogen werden; so wird euch diejenige kaum noch erträglich vorkommen, die izt die beste scheint.

Romeo. Ich will mit dir gehen, nicht weil ich dir glaube, sondern um das Vergnügen zu haben, dich von dem Triumph meiner Geliebten zum Zeugen zu machen.

(Sie gehen ab.)

Vierte Scene

Verwandelt sich in Capulets Haus.

Lady Capulet und die Amme treten auf.

Lady. Amme, wo ist meine Tochter? Ruffe sie zu mir heraus.

Amme. Nun, bey meiner Jungferschaft, (wie ich zwölf Jahre alt war, meyn' ich;) ich sagte ihr, sie möchte kommen; wie, Schäfchen – – he! Mein Däubchen – – daß uns Gott behüte! Wo ist das Mädchen? he! Juliette!

Juliette zu den Vorigen.

Juliette. Was ists? Wer ruft?

Amme. Eure Frau Mutter.

Juliette. Madam, hier bin ich, was ist euer Wille?

Lady. Das ist eben die Sache – – Amme, verlaß uns eine Weile, wir müssen allein mit einander reden; Amme, komm wieder zurük, ich habe mich anders besonnen, du darfst wohl bey unsrer Unterredung zugegen seyn: du weist, meine Tochter hat ein artiges Alter.

Amme. Mein Treu, ich kan ihr Alter bey einer Stunde sagen.

Lady. Sie ist noch nicht vierzehn.

Amme. Ich will gleich vierzehn Zähne daran sezen, (und doch muß ich's zu meiner Schande sagen, ich habe nur noch vier,) sie ist nicht vierzehn; wie lang ist es noch von izt bis an St. Peters-Tag?

Lady. Vierzehn Tage, oder noch ein paar drüber.

Amme. Sey es vierzehn Tage oder fünfzehn, das thut nichts, kommt St. Peters-Abend, so wird sie vierzehn seyn. Süßchen und sie (Gott tröst ihre Seele!) waren von gleichem Alter. Wohl, Süßchen ist im Himmel, sie war zu gut für mich. Aber, wie ich sagte, an St. Peters-Abend des Nachts wird sie vierzehn seyn, das wird sie, meiner Six, ich erinnre mich's als ob's seit gestern wäre. Es ist seit dem Erdbeben nun eilf Jahre daß sie entwöhnt wurde; unter allen Tagen im Jahr will ich den Tag nicht vergessen; ich hatte denselben Tag Wermuth an meine Brust gestrichen, und saß in der Sonne an der Mauer unter dem Dauben-Schlag; der Gnädige Herr und Eu. Gnaden waren damals zu Mantua – gelt, ich kan etwas im Kopf behalten? – – Aber, wie ich sagte, wie das Kind den Wermuth an meiner Brustwarze kostete, und schmekte daß es bitter war, das artige Närrchen, da hättet ihr sehen sollen, wie es so gescheid war und augenbliklich die Brust fahren ließ. Schüttle dich, sagte der Dauben-Schlag – – mein Treu! es mußte mir niemand sagen, daß ich hurtig lauffen sollte; und seitdem ist es nun eilf Jahre, denn sie konnte damals schon allein stehen; ja, bey meiner Treu, sie, konnte schon lauffen, und watschelte schon allenthalben herum; dann just den Tag vorher, da sie das Loch in ihre Stirne fiel, und da hub mein Mann (Gott tröst ihn, er war ein muntrer Mann) da hub er das Kind auf; so, sagt' er, fällst du auf die Nase? Du wirst auf den Rüken fallen, wenn du mehr Verstand haben wirst; wirst du nicht Julchen? Und, bey unsrer lieben Frauen! Das artige Tröpfchen hörte auf schreyen, und sagte, Ay – – so daß man sehen kan, wie endlich aus Spaß Ernst wird – – Da steh ich dafür, und wenn ich tausend Jahre leben sollte, so vergeß ichs nicht: Wirst du nicht, Julchen, sagt' er? Und das artige Närrchen, es hörte auf schreyen, und sagte, Ay!

Lady Capulet. Genug hievon, ich bitte dich, stille!

Amme. Ja, Gnädige Frau; und doch kan ich mir nicht helfen, ich muß lachen, wenn ich dran denke daß es aufhörte zu schreyen, und Ay sagte; und doch bin ich gut dafür, daß es eine Beule an der Stirne hatte, so dik wie ein junger Hahnen-Stein, eine recht gefährliche

Beule, und es weinte bitterlich. So, sagte mein Mann, fällst du auf die Nase? Du wirst rükwärts fallen, wenn du älter wirst, wirst du nicht, Julchen? Und da schwieg es, und sagte, Ay.

Juliette. Und schweig du auch, ich bitte dich, Amme, sag ich.

Amme. Still, ich bin fertig: Gott zeichne dich zu seinem Segen aus! Du warst das holdseligste Kind, das ich gesäugt habe; und wenn ich nur so lange lebe, daß ich dich verheurathet sehe, so wünsch' ich mir nichts mehr.

Lady Capulet. Diese Heurath ist eben die Sache, wovon ich reden wollte. Sagt mir, Tochter Juliette, habt ihr Lust zum Heurathen?

Juliette. Es ist eine Ehre, von der ich mir nicht träumen lasse.

Amme. Eine Ehre? Wenn ich nicht deine leibliche Amme wäre, so würd' ich sagen, du habst die Weisheit mit der Milch eingezogen.

Lady Capulet. Gut, es ist nun Zeit daran zu denken; es giebt hier in Verona jüngere als ihr, und Frauenzimmer von Stand und Ansehen, die schon Mütter sind. Bey meiner Ehre, in dem Alter worinn ihr noch ein Mädchen seyd, war ich schon eure Mutter. Ich will's also kurz machen, und euch sagen, daß sich der junge Paris um euch bewirbt.

Amme. Ein Mann, junges Fräulein, ein Mann, dessen gleichen in der ganzen Welt – – Sapperment! es ist ein Mann wie in Wachs boßiert.

Lady Capulet. Verona's Sommer hat keine schönere Blume.

Amme. Das ist wahr, er ist eine Blume; mein Treu, eine wahre Blume.

Lady Capulet. Was sagt ihr dazu? Gefällt euch der Cavalier? Ihr werdet ihn diese Nacht bey unserm Gastmahl sehen; beobachtet ihn recht, ihr werdet gestehen müssen, daß nichts liebenswürdigers seyn kan. Er ist eurer würdig, und wird euch glüklich machen – – Doch, ihr habt ihn ja sonst schon gesehen; sagt, mit einem Wort, könnt ihr euch seine Liebe gefallen lassen?

Juliette. Ich will ihn erst genauer betrachten; alles was ich izt sagen kan, ist, daß meine Augen allezeit durch euern Willen geleitet werden sollen.

Ein Bedienter zu den Vorigen.

Bedienter. Gnädige Frau, die Gäste sind angekommen, das Essen ist aufgetragen, man wartet auf Euer Gnaden und mein junges Fräulein, man flucht auf die Amme im Speißgewölbe, und alles ist in der Extremität. Ich muß wieder zur Aufwartung; ich bitte euch, kommet augenbliklich.

Lady Capulet. Wir kommen – – Juliette, es wird den Grafen nach dir verlangen.

Amme. Geh, Mädchen, und suche zu deinen guten Tagen auch glükliche Nächte.

Sie gehen ab.

Fünfte Scene

Eine Strasse vor Capulets Haus.

Romeo, Mercutio, Benvolio mit fünf oder sechs andern Masken, Fakel-Trägern und Trummeln.

Romeo. Wie, soll diese Rede unsre Entschuldigung machen, oder wollen wir ohne Apologie auftreten?

Benvolio. Diese Weitläufigkeiten sind nicht mehr Mode. Wir brauchen keinen Cupido, mit einer Schärpe von Flittergold und einem gemahlten Tartar-Bogen von Schindeln, der die armen Mädchen, wie ein Vögel-Schrek die Krähen, zu fürchten macht. Sie mögen von uns halten was sie wollen, wenn wir ihnen nicht gefallen, oder sie uns nicht, so gehen wir wieder.

Romeo. Gebt mir eine Fakel; ich bin nicht im Humor, Sprünge zu machen.

Mercutio. Nicht doch, mein lieber Romeo, ihr müßt eins tanzen.

Romeo. Ich gewiß nicht, das glaubt mir; ihr habt Tanzschuhe mit dünnen Solen, ich habe eine Seele von Bley, die mich so zu Boden zieht, daß ich nicht von der Stelle kommen kan.

Mercutio. Ihr seyd ein Liebhaber; borgt dem Cupido seine Flügel ab, und schwingt euch damit empor.

Romeo. Ich bin zu hart von seinem Pfeil verwundet, als daß ich mich auf seinen Flügeln erheben könnte – –

Mercutio. Gebt mir ein Futteral, worein ich mein Gesicht steken kan – – *(Er nimmt seine Maske ab.)* – – Eine Maske für ein Frazen-Gesicht! – – wozu brauch ich eine Maske? Es wird niemand so vorwizig seyn, ein Gesicht wie das meinige genau anzusehen.

Benvolio. Kommt, wir wollen anklopfen und hineingehn; und wenn wir einmal drinn sind, dann mag ein jeder seinen Füssen zusprechen.

(Hier fallen noch etliche sinnreiche Wizspiele von der grammaticalischen Art, zwischen Mercutio und Romeo weg.)

Romeo. Wir gedenken uns bey diesem Ball eine Kurzweil zu machen, und doch sind wir nicht klug, daß wir gehen.

Mercutio. Warum, wenn man fragen darf?

Romeo. Mir träumte vergangne Nacht – –

Mercutio. Mir auch.

Romeo. Gut, was träumte euch?

Mercutio. Daß Träumer manchmal lügen.

Romeo. Ja, in ihrem Bette, wo sie oft wahre Dinge träumen.

Mercutio. O, dann seh ich, daß ihr einen Besuch von der Königin Mab gehabt habt. Sie ist die Heb-Amme der Phantasie, kommt bey Nacht, nicht grösser als ein Agtstein am Zeigfinger eines Aldermanns, und fährt euch mit einem Gespan von kleinen Atomen über die Nasen der Schlafenden hin. Ihre Rad-Speichen sind von langen Spinnen-Beinen, die Deken von Grashüpfers-Flügeln, das Geschirr vom feinsten Spinnen-Web, die Kummet von Mondscheins-Stralen; ihre Peitsche von einem Grillen-Bein, und der Riemen von der feinsten Membrane; ihr Kutscher eine dünne graurokichte Schnake, nicht halb so dik als ein kleiner runder Wurm, den der schleichende Finger eines kleinen Mädchens aufgestochert hat. Ihr Wagen ist eine leere Hasel-Nuß, von Schreiner Eichhorn, oder Meister Wurm gemacht, die seit unfürdenklicher Zeit die Wagner der Feen sind: und in diesem Staat galloppiert sie, Nacht für Nacht, durch das Gehirn der Verliebten, und dann träumen sie von Liebe; über die Kniee der Hofleute, welche dann straks von Aufwartungen; über die Finger der Advocaten, die straks von Sporteln; über die Lippen der Damen, die straks von Küssen träumen, aber oft von der erzürnten Mab mit Hiz-Blattern gestraft werden, wenn ihr Athem nach parfümiertem Zuker-Werk riecht. Zuweilen galloppiert sie über eines Hofschranzen Nase, und da träumt er, er hab' eine Pension ausgespürt: ein andermal kommt sie mit dem Wedel eines Zehend-Schweins in der Hand, und küzelt den schnarchenden Pfarrer; straks träumt er, daß er eine bessere Pfründe bekommen habe. Zuweilen fährt sie über eines Soldaten Hals, und da träumt er von ausländischen Hälsen die er abgeschnitten, von Friedens-Brüchen, Scharmüzeln, Spanischen Klingen, und fünf-Faden-tieffen Gesundheiten; dann trummelt sie wieder in seinen Ohren und er fährt erschroken auf, und erwacht, schwört ein paar Stoß-Gebette, und schläft wieder ein. Das ist die nemliche Mab, die den Kühen die Milch aussaugt, und den Pferden im Schlaf die Mähne verstrikt; das ist die Drutte, *(der Alp,)* welche die Mädchens drükt, wenn sie Nachts auf dem Rüken ligen – – das ist – –

Romeo. Stille, Stille, Mercutio, wie lange kanst du von nichts reden?

Mercutio. In der That, ich rede von Träumen, diesen Kindern die ein müßiges Hirn mit der eiteln Phantasie erzeugt, welche so wenig Leib hat als die Luft, und unbeständiger ist als der Wind, der nur eben um den kalten Busen des Nords buhlte, und den Augenblik drauf, in einem Anstoß von Laune, hinwegstürmt, und sein Gesicht dem thauichten Sud zudreht.

Benvolio. Dieser Wind von dem ihr euch so gelassen besprecht, bläßt uns von uns selbst weg; das Gastmal ist indeß vorbey, und wir werden zu spät kommen.

Romeo. Ich fürchte, nur zu früh – – Denn mein Gemüth weissagt mir irgend eine schwarze noch in den Sternen hangende Begebenheit, die von den Spielen dieser Nacht ihren furchtbaren Anfang nehmen, und vielleicht das Ziel meines verhaßten Lebens durch die gewaltsame Hand eines frühzeitigen Todes beschleunigen wird. Doch Er, der das Steuer-Ruder meines Lauffes führt, lenk' ihn nach seinem Gefallen! – – Wohlan, meine muntern Freunde!

Benvolio. Rührt die Trummel! – –

(Sie ziehen über den Schauplatz, und treten ab.)

Sechste Scene

Verwandelt sich in eine Halle in Capulets Hause.

Etliche Bediente, mit Handtüchern.

1. **Bedienter**. Wo ist Potpan, daß er uns nicht aufräumen hilft – – er hat einen Teller weggeschnappt! Er hat einen Teller mit sich gehen heissen!

2. **Bedienter**. Wenn gute Manieren alle in eines oder zweener Händen liegen, und die noch dazu ungewaschen sind, das ist eine garstige Sache.

1. **Bedienter**. Fort mit den Lehnstühlen, das kleine Schenk-Tisch'gen aus dem Wege, seht zu dem Silber-Geschirr; du, guter Freund, mache daß du mir ein Stük Marzipan auf die Seite kriegst; und wenn du mich lieb hast, so sorge, daß der Thorhüter Susanna Mühlstein und Nell, Antoni und den Potpan hereinläßt – –

2. **Bedienter**. Gut, Junge, das will ich.

3. **Bedienter**. Man sieht sich nach euch um, man ruft euch, man fragt nach euch, man sucht euch, im grossen Saal.

2. **Bedienter**. Wir können nicht an zween Orten zugleich seyn; hurtig, ihr Jungens; seyd eine Weile munter, und wer alle andre überlebt, kriegt alles! – –

(Sie gehen ab.)

Die Gäste und Damen, nebst den Masken treten sämtlich auf.

1. **Capulet**. Willkommen, meine Herren – – Und ihr, meine Damen, ihr habt noch keine Hüner-Augen an den Zehen, wir wollen eins lustig mit einander machen. Ich will doch nicht hoffen, meine Königinnen, daß mir eine unter euch ein Tänzchen abschlagen wird – – eine jede, die sich lange bitten läßt, hat Hüner-Augen, das schwör' ich; – – He? bin ich euch zu nah gekommen? – – Willkommen allerseits, ihr Herren; ich weiß die Zeit auch noch, da ich eine Maske trug, und einem jungen Fräulein hübsche Sachen ins Ohr flüstern konnte; aber es ist vorbey, vorbey, vorbey! *(Die Musik fangt an; man tanzt.)* Mehr Lichter her, ihr Schurken, und die Tische aus dem Weg; und laßt das Feuer abgehen, es ist zu warm im Zimmer – – Gelt, junger Herr, ein unvermutheter Spaß ist der angenehmste – – Nun sezt euch, sezt euch, mein guter Vetter Capulet, denn die Tanz-Zeit ist doch bey euch und mir vorbey: Wie lang ist es wohl, seit ihr und ich das leztemal auf einem Masken-Bal tanzten?

2. **Capulet**. Bey unsrer Frauen! dreißig Jahre.

1. **Capulet**. Wie, Mann? Es ist noch nicht so lang, es ist noch nicht so lang; es war an Lucentio's Hochzeit; es wird auf kommende Pfingsten fünf und zwanzig Jahre, daß wir in Masken tanzten.

2. **Capulet**. Es ist mehr, es ist mehr; sein Sohn ist älter, Herr; sein Sohn hat schon dreißig.

1. **Capulet**. Das werdet ihr mir nicht weiß machen; sein Sohn war vor zwey Jahren noch nicht mündig.

Romeo *(in einem andern Theil des Saals.)*
Wer ist die junge Dame, die dort jenem Ritter die Hand giebt?

Bedienter. Ich weiß es nicht.

Romeo. O, sie glänzt mehr als alle diese Fakeln zusammen genommen; ihre Schönheit hängt an der Stirne der Nacht, wie ein reiches Kleinod an eines Mohren Ohr: Und welch eine Schönheit! Sie ist zu reich zum Gebrauch, und zu kostbar für diese Erde. So glänzt die schneeweisse Daube aus einem Schwarm von Krähen, wie dieses Fräulein unter ihren Gespielen glänzt. Wenn der Tanz vorbey ist, will ich mir den Plaz merken, wo sie steht, und ihr meine Hand geben. Welch eine Glükseligkeit ihre Hand zu berühren! – – Nein, ich habe noch nie geliebt – – Schwör es, mein Auge; vor dieser glüklichen Nacht wußtest du nicht, was Schönheit ist.

Tybalt *(der dem Romeo bey den lezten Worten sich nähert.)*
Der Stimme nach sollte dieß ein Montague seyn – – hol mir einen Degen, Junge – – wie? der Sclave darf sich erfrechen in einer Maske hieher zu kommen, und unsrer feyerlichen Lust zu spotten? Nein, bey der bejahrten Ehre meines Geschlechts, es ist keine Sünde, den Nichtswürdigen zu todt zu schlagen.

Capulet. Wie, wie, Vetter? Warum so stürmisch?

Tybalt. Oheim, hier ist einer unsrer Feinde, ein Montague; ein Bube der gekommen ist, uns unter die Nase zu lachen, und unsre Familien-Freude zu stören – –

Capulet. Ist es vielleicht der junge Romeo?

Tybalt. Er selbst, der Schurke Romeo!

Capulet. Gieb dich zu frieden, lieber Vetter, laß ihn gehen; er sieht einem jungen wakern Edelmann gleich; und, wenn ich die Wahrheit sagen soll, er hat den Ruf eines tugendhaften wohlgesitteten Jünglings, der Verona Ehre macht. Ich wollte nicht um unsre ganze Stadt, daß ihm in meinem Hause was zu Leide gethan würde. Seyd also ruhig, thut als ob ihr ihn nicht kennet; ich will es so haben, und wenn ihr einige Achtung für mich habt, so heitert eure Stirne auf, und macht keine Gesichter, die sich so übel zu einer Lustbarkeit schiken.

Tybalt. Sie schiken sich, wenn ein solcher Bube sich zum Gast aufdringt: ich will ihn nicht dulden!

Capulet. Das sollt ihr aber! Wie, Herr Junge? – – Ihr sollt, sag ich – – Geht, geht, bin ich hier Meister oder ihr? Geht, geht – – Ihr wollt ihn nicht dulden? Hol mich Gott, ihr würdet mir einen feinen Lermen unter meinen Gästen anrichten! Ihr wollt mir hier den Eisenfresser machen? Gelt, das wollt ihr?

Tybalt. Wie, Oehm, es ist eine Schande – –

Capulet. Geht, geht, ihr seyd ein abgeschmakter Knabe – – *(auf die Seite zu einem von der Gesellschaft.)* Ist es so, in der That? – – *(zu Tybalt)* ihr könnt was anfangen, das euch gereuen wird, ich weiß was ich sage – – *(Seitwärts;)* wohl gesprochen, meine Kinder – – *(zu Tybalt,)* Ihr seyd ein Hasenfuß, geht – – seyd ruhig, oder – – *(seitwärts.)* Mehr Lichter, mehr Lichter, es ist eine Schande, so dunkel ist's – – *(zu Tybalt)* ich will euch ruhig machen – – *(Seitwärts:)* Wie, munter, meine Herzen!

Tybalt. Geduld und Zorn vertragen sich nicht wohl bey mir zusammen; sie stossen, indem sie sich begegnen, die Köpfe so hart an einander an, daß mir alle Glieder davon wakeln. Ich will mich entfernen, aber er soll mir diese Zudringlichkeit bezahlen!

(Tybalt geht ab.)

Romeo *(zu Juliette.)*
Wenn meine unwürdige Hand diesen heiligen Leib entweiht hat, so laß dir diese Busse gefallen: Meine Lippen, zween erröthende Pilgrimme, stehen bereit den Frefel, mit einem zärtlichen Kuß abzubüssen.

Juliette. Ihr thut eurer Hand unrecht, mein lieber Pilgrim; sie hat nichts gethan, als was die bescheidenste Andacht zu thun pflegt; Heilige haben Hände, die von den Händen der Wallfahrenden berührt werden, und Hand auf Hand ist eines Pilgrims Kuß.

Romeo. Haben Heilige nicht Lippen, und andächtige Pilgrimme auch?

Juliette. Ja, Pilgrim, sie haben Lippen, aber zum Beten.

Romeo. O so erlaube, theure Heilige, erlaube den Lippen nur, was du den Händen gestattest; sie bitten, (und du, erhöre sie,) daß du den Glauben nicht in Verzweiflung fallen lassest.

Juliette. Heilige rühren sich nicht, wenn sie gleich unser Gebet erhören.

Romeo. O so rühre du dich auch nicht, indem ich mich der Würkung meines Gebets versichre – – *(Er küßt sie.)* Die Sünde meiner Lippen ist durch die deinige getilgt.

Juliette. Also tragen nun meine Lippen die Sünde, die sie von den deinigen weggenommen haben.

Romeo. Sünde von meinen Lippen? O! angenehme Strenge! Gebt mir meine Sünde nur wieder zurük.

Juliette. Ihr habt küssen gelernt; ich verstehe mich nicht darauf.

Amme. Gnädiges Fräulein, eure Frau Mutter möchte gern ein Wort mit euch sprechen – –

(Juliette entfernt sich.)

Romeo. Wer ist ihre Mutter?

Amme. Sapperment, junger Herr, ihre Mutter ist hier die Frau vom Hause, und eine brave, gescheidte, tugendsame Frau. Ich säugte ihre Tochter, mit der ihr geredet habt; und ich sag euch, wer sie kriegt, bekommt so gewiß eine Jungfer – –

Romeo *(indem er sich entfernt, vor sich.)*
Eine Capulet? O Himmel! Mein Herz und mein Leben sind unwiderbringlich in der Gewalt meiner Feindin.

Benvolio. Weg, wir wollen gehen, der gröste Spaß ist vorbey.

Romeo. Das fürcht' ich selbst, das übrige wird mich mehr als meinen Schlaf kosten.

Capulet. Nein, ihr Herren, geht noch nicht weg, wir haben noch ein kleines schlechtes Nachtessen vor uns – – Wie, muß es denn seyn? Nun dann, so dank ich euch allen – – Ich dank euch, meine liebe Herren, gute Nacht – – Mehr Fakeln her – – *(Zu den übrigen:)* Kommt hinein, und dann zu Bette. – – Ah, guter Freund, bey meiner Treu, es ist schon späte. Ich will in mein Bette.

(Sie gehen nach einander ab.)

Juliette. Ein wenig hieher, Amme – – Wer ist der junge Herr dort?

Amme. Der einzige Sohn des alten Tiberio.

Juliette. Wer ist der, der eben izt zur Thüre hinausgeht?

Amme. Das ist der junge Petrucchio, bild' ich mir ein.

Juliette. Wer ist der, der ihm folgt, der nicht tanzen wollte?

Amme. Ich kenn' ihn nicht.

Juliette. Geh, frage nach seinem Namen *(leise.)* Wenn er schon vermählt ist, so ist sehr wahrscheinlich, daß mein Grab mein Braut-Bette seyn wird.

Amme. Er heißt Romeo, er ist ein Montague, der einzige Sohn von unserm großen Feind.

Juliette *vor sich.*

O Himmel! der, den ich einzig lieben kan, ist der, den ich einzig hassen sollte – – Zu früh gesehn, eh ich ihn kannte; und zu spät erkannt; was für eine seltsame Mißgeburt ist meine Liebe – – ich liebe – – meinen verhaßtesten Feind.

Amme. Was sagtet ihr da? Was habt ihr?

Juliette. Ein paar Reime, die ich eben von einem gelernt, mit dem ich tanzte.

(Man ruft hinter der Scene Juliette.)

Amme. Gleich, gleich; Kommt, wir wollen gehen, die Fremden sind schon alle fort.

(Sie gehen ab.)

Zweyter Aufzug

Erste Scene

Die Strasse.

Romeo tritt allein auf.

Romeo. Kan ich weggehen, wenn mein Herz hier ist? Dreh dich zurük, plumpe Erde, und suche deinen Mittelpunct.

(Er geht ab.)

Indem er sich entfernt, treten Benvolio und Mercutio von der andern Seite auf und werden ihn gewahr.

Benvolio. Romeo, Vetter Romeo!

Mercutio. Er ist klug, und schleicht sich, auf mein Leben, heim zu Bette.

Benvolio. Nein er lief diesen Weg, und sprang dort über die Garten-Mauer. Ruf ihm, Mercutio!

Mercutio. Nicht nur das, ich will ihn gar beschwören. He! Romeo! Grillenfänger! Wetterhahn! Tollhäusler! Liebhaber! Erscheine du, erschein in der Gestalt eines Seufzer, rede, aber in lauter Reimen, und ich bin vergnügt. Aechze nur, Ach und O! reime nur Liebe und Triebe, sag meiner Gevatterin Venus nur ein einziges hübsches Wörtchen, häng' ihrem stokblinden Sohn und Erben nur einen einzigen Ueber-Namen an, (dem jungen Abraham Cupido, ihm der so gut schoß, als König Cophetua um ein Bettel-Mädchen seufzte – – doch er hört nicht, er rührt sich nicht, er giebt kein Zeichen von sich; der Affe ist todt, ich muß ihn schon beschwören – – So beschwör' ich dich dann bey Rosalinens schönen Augen, bey ihrer hohen Stirne, und bey ihren Purpur-Lippen, bey ihrem niedlichen Fuß, schlanken Bein, runden Knie, und bey den angrenzenden schönen Gegenden, beschwör' ich dich, daß du uns in deiner eignen Gestalt erscheinest!

Benvolio. Wenn er dich hörte, würdest du ihn böse machen.

Mercutio. Das kan ihn nicht böse machen: Das würd' ihn böse machen, wenn ich einen Geist von irgend einer seltsamen Gestalt in seines Mädchens Circel citierte, und ihn so lange dort stehen liesse, bis sie ihn gelegt und zu Boden beschworen hätte; das wäre was, das er vielleicht übel nehmen könnte – – Aber meine Citation ist ehrlich und redlich, und ich beschwör' ihn, in seiner Liebsten Namen, einzig und allein zu seinem eignen Besten.

Benvolio. Kommt, er hat sich vermuthlich hinter diese Bäume verstekt, um keine andre Gesellschaft zu haben, als die schwermüthige Nacht; die Liebe ist blind, und schikt sich am besten in die Dunkelheit.

Mercutio. Izt wird er dir unter einem Mispeln-Baum sizen, und wünschen, daß seine Liebste von der Art von Früchten seyn möchte, welche die Mädchens Mispeln nennen, wenn sie allein zusammen schwazen – – Gute Nacht, Romeo, ich will in mein Roll-Bette, ich; dieses Feld-Bette ist mir zu kalt; kommt, wollen wir gehen?

Benvolio. Es wird klüger seyn, als hier jemand zu suchen, der sich nicht finden lassen will.

Zweyte Scene

Verwandelt sich in Capulets Garten.

Romeo tritt auf.

Romeo. Der lacht über Narben, die nie keine Wunde fühlte – – Aber stille! was für ein Licht bricht aus jenem Fenster hervor? Es ist der Osten, und Juliet ist die Sonne – –

(Juliette erscheint oben am Fenster.)

Geh auf, schöne Sonne, und lösche diese neidische Luna aus, die schon ganz bleich und krank vor Verdruß ist, daß du, ihr Mädchen, schöner bist als sie. Sey nicht länger ihre Aufwärterin, da sie so neidisch ist; ihre Vestalen-Livree ist nur blaß und grün, und wird nur von Thörinnen getragen; wirf sie ab – – Sie spricht, und sagt doch nichts; was ist das? – – Ihr Auge redt, ich will ihm antworten – – Wie voreilig ich bin! Sie redt nicht mit mir: Zween von den schönsten Sternen des ganzen Himmels, die anderswo Geschäfte haben, bitten ihre Augen, daß sie, indessen bis sie wiederkommen, in ihren Sphären schimmern möchten – – Wie wenn ihre Augen dort wären, und jene in ihrem Kopfe? Der Glanz ihrer Wangen würde diese Sterne beschämen, wie Tag-Licht eine Lampe; ihre Augen, wenn sie am Himmel stühnden, würden einen solchen Strom von Glanz durch die Luft herabschütten, daß die Vögel zu singen anfiengen, und dächten, es sey nicht Nacht: Sieh! sie lehnt ihre Wange an ihre Hand! O daß ich ein Handschuh an dieser Hand wäre, damit ich diese Wange berühren möchte!

Juliette. Ach! ich Unglükliche! – –

Romeo. Sie redt. O, rede noch einmal, glänzender Engel! Denn so über meinem Haupt schwebend scheinst du diesen Augen so glorreich als ein geflügelter Bote des Himmels den weitofnen emporstarrenden Augen der Sterblichen, die, vor Begierde ihn anzugaffen, auf den Rüken fallen – – wenn er die trägschleichenden Wolken theilend auf dem Busen der Luft in majestätischem Flug dahersegelt.

Juliette. O Romeo, Romeo – – Warum bist du Romeo? – – Verläugne deinen Vater und entsage deinem Namen – – oder wenn du das nicht willt, so schwöre mir nur ewige Liebe und ich will keine Capulet mehr seyn.

Romeo *leise.*
Soll ich länger zuhören, oder auf dieses antworten?

Juliette. Nicht du, bloß dein Nahme ist mein Feind; du würdest du selbst seyn, wenn du gleich kein Montague wärest – – Was ist Montague? – – Es ist weder Hand noch Fuß, weder Arm noch Gesicht, noch irgend ein andrer Theil. Was ist ein Name; Das Ding das wir eine Rose nennen, würde unter jedem andern Namen eben so lieblich riechen. Eben so würde Romeo, wenn er schon nicht Romeo genannt würde, diese ganze reizende Vollkommenheit behalten, die ihm, unabhängig von diesem Namen, eigen ist – – Romeo, gieb deinen Namen weg, und für diesen Namen, der kein Theil von dir ist, nimm mein ganzes Ich.

Romeo. Ich nehme dich beym Wort; nenne mich nur deinen Freund, und ich will meinem Taufnamen entsagen, ich will von nun an nicht mehr Romeo seyn.

Juliette. Wer bist du, der hier, in Nacht gehüllt, mein einsames Selbstgespräche belauscht?

Romeo. Durch einen Namen weiß ich dir nicht zu sagen, wer ich bin; mein Name, theure Heilige, ist mir selbst verhaßt, weil er ein Feind von dir ist. Ich wollt' ihn zerreissen, wenn ich ihn geschrieben hätte.

Juliette. So neu sie mir ist, so kenn' ich doch diese Stimme – – Bist du nicht Romeo, und ein Montague?

Romeo. Keines von beyden, schöne Heilige, wenn dir eines davon mißfällt.

Juliette. Wie kamst du hieher, sage mir das, und warum? Die Garten-Mauer ist hoch und schwer zu ersteigen, und der Ort Tod, wenn dich einer von meinen Verwandten gewahr würde.

Romeo. Mit der Liebe leichten Flügeln überflog ich diese Mauern, einen zu schwachen Wall gegen den mächtigsten Gott; was die Liebe thun kan, dazu hat sie auch den Muth; und deßwegen können deine Verwandten mich nicht abschreken.

Juliette. Wenn sie dich sehen, so ermorden sie dich.

Romeo. O Götter! Es ist mehr Gefahr in deinem Aug als in zwanzig ihrer Schwerdter; sieh nur du mich huldreich an, so verlache ich alles was ihr Groll gegen mich unternehmen kan.

Juliette. Ich wollte nicht um die ganze Welt, daß sie dich hier sähen.

Romeo. Der Mantel der Nacht wird mich vor ihren Augen verbergen, und wenn nur du mich liebst, so mögen sie mich immer finden; besser daß ihr Haß mein Leben ende, als daß der Mangel deiner Liebe meinen Tod verlängre.

Juliette. Wer gab dir Anweisung diesen Plaz zu finden?

Romeo. Die Liebe, die mich antrieb ihn zu suchen; sie lehnte mir Wiz, und ich lehnte ihr Augen – – Ich bin kein Steuermann, aber wärst du so fern als jenes vom entferntesten Ocean bespülte Ufer, ich würd' um ein solches Kleinod mein Leben wagen.

Juliette. Die Maske der Nacht liegt auf meinem Gesicht, sonst würde meine glühende Wange dir zeigen, wie beschämt ich bin, daß du mich reden hörtest da ich allein zu seyn glaubte. Vergeblich würd' ich izt mich befremdet stellen wollen, vergeblich, vergeblich läugnen wollen was ich gesprochen habe – – So fahre dann wohl, Verstellung! Liebst du mich? Ich weiß, du wirst sagen, ja; und ich will mit deinem Wort zufrieden seyn – – wenn du schwörst, so könntest du meineydig werden; Jupiter lacht nur, sagen sie, zu den falschen Schwüren der Verliebten. O werther Romeo, sey redlich, wenn du mir sagst, du liebest mich: Oder wenn du denkst, ich lasse mich zu leicht gewinnen, so will ich sauer sehen, und verkehrt seyn, und dir nein sagen – – aber anders nicht um die ganze Welt – – In der That liebenswürdiger Montague, ich bin zu zärtlich; du könntest deswegen nachtheilig von meiner Aufführung denken; Aber glaube mir, edler Jüngling, du wirst mich in der Probe zuverläßiger finden, als diejenigen welche List genug haben sich zuverstellen und Umstände zu machen. Ich würde selbst mehr gemacht haben, ich muß es bekennen, wenn der Zufall dich nicht, mir unwissend, zum Zeugen meiner zärtlichen Gesinnungen gemacht hätte. Vergieb mir also, und denke, um dieser schleunigen Ergebung willen, nicht schlimmer von einer Liebe, die dir die dunkle Nacht so unverhoft entdekt hat.

Romeo. Fräulein, bey jenem himmlischen Mond schwör' ich, der alle diese frucht-vollen Wipfel mit Silber mahlt – –

Juliette. O schwöre nicht bey dem Mond, dem unbeständigen Mond, der alle Wochen in seinem cirkelnden Kreise sich ändert – – oder deine Liebe könnte eben so veränderlich werden.

Romeo. Wobey soll ich denn schwören?

Juliette. Schwöre gar nicht, oder wenn du ja willst, so schwöre bey deinem anmuthsvollen Selbst, bey dem theuren Gegenstand meiner Anbetung, und ich will dir glauben.

Romeo. Wenn jemals meine redliche Liebe – –

Juliette. Gut, schwöre nicht – – So angenehm du selbst mir bist, so ist mir doch diese nächtliche Verbindung nicht angenehm; sie ist zu rasch, zu unbesonnen, zu plözlich zu ähnlich dem Bliz, der schon aufgehört hat zu seyn, eh man sagen kan, es blizt – – Gute Nacht, mein Liebster. Diese Knospe von Liebe kan durch des Sommers reiffenden Athem sich zu einer schönen Blume entfalten, bis wir wieder zusammen kommen. Gute Nacht, gute Nacht – – Eine so süsse Ruhe komme über dein Herz, als die, so ich in meiner Brust empfinde!

Romeo. O, willt du mich so unbefriediget verlassen?

Juliette. Und was für eine Befriedigung kanst du noch verlangen?

Romeo. Die Auswechslung des Gelübds deiner treuen Liebe gegen das Meinige.

Juliette. Das that ich schon, eh du mich darum batest, und ich wollte lieber ich hätt' es nicht gethan.

Romeo. Möchtest du dein Herz wieder zurüknehmen? Warum das, meine Liebe?

Juliette. Nur damit ich dir's noch einmal geben könnte – – und doch, was wünsch' ich mir damit, als was ich schon habe? Meine Zärtlichkeit ist so grenzenlos als die See, meine Liebe so tief; je mehr ich dir gebe, je mehr ich habe, denn beyde sind unerschöpflich – – Ich höre ein Getöse – – Lebe wohl, mein Geliebter – –

(Man ruft Julietten hinter der Scene.)

Gleich, gute Amme; lieber Romeo, sey getreu warte nur ein wenig, ich komme gleich wieder.

(Sie geht weg.)

Romeo. O, glükliche, glükliche Nacht! Ich besorge nur, weil es Nacht ist, daß alles das nur ein Traum sey; es ist zu schmeichelnd-süß um würklich zu seyn.

Juliette kommt wieder.

Juliette. Drey Worte, liebster Romeo, und dann gute Nacht, im Ernst – – Wenn die Absicht deiner Liebe rechtschaffen ist, und auf eine geheiligte Verbindung abzielet, so laß mich durch jemand, den ich morgen an dich schiken will, wissen, wann und wo du die

Ceremonien verrichten lassen willst, und ich bin bereit, mein ganzes Glük zu deinen Füssen zu legen, und dir, mein Liebster, durch die ganze Welt zu folgen.

(Man ruft Julietten hinter der Scene.)

Ich komme gleich – – wenn du es aber nicht wohl meynst, so bitt' ich dich – – *(Man ruft wieder)* Den Augenblik – – ich komme – – gieb deine Bewerbung auf und überlaß mich meinem Gram – – Morgen will ich schiken – –

Romeo. So möge meine Seele leben – –

Juliette. Tausendmal gute Nacht – –

(Sie geht weg.)

Romeo. Wie kann dein Wunsch erfüllt werden, da du mich verlässest? – – Schmerzen-volles Scheiden! – – Liebe zu Liebe eilt so freudig wie Schulknaben von ihren Büchern – – aber wenn Liebe sich von Liebe scheiden soll, da geht's der Schule zu, mit schwermüthigen Bliken – –

(Er entfernt sich.)

Juliette kommt noch einmal zurük.

Juliette. St! Romeo! St! – – Wo nemm' ich eines Falkeniers Stimme her, um diesen Terzelot sachte wieder zurük zuloken – – Ich darf nicht laut ruffen, sonst wollt ich die Höle wo Echo ligt zersprengen, und ihre helle Zunge von Wiederholung meines Romeo heiser machen.

Romeo. Ist es meine Liebe die mir bey meinem Namen ruft? welche Musik tönt so süß als die Stimme der Geliebten durch die Nacht hin dem Liebenden tönt!

Juliette. Romeo!

Romeo. Meine Liebe!

Juliette. In welcher Stunde soll ich morgen zu dir schiken?

Romeo. Um neun Uhr.

Juliette. Ich will es nicht vergessen, es ist zwanzig Jahre bis dahin – – Ich habe vergessen, warum ich dich zurükrief.

Romeo. Laß mich hier stehen, biß es dir wieder einfällt.

Juliette. Deine Gegenwart ist mir so angenehm, daß ich vergessen werde, daß ich dich zu lange hier stehen lasse.

Romeo. Und ich stehe so gerne hier, daß ich mich nicht erinnre eine andre Heimat zu haben als diese.

Juliette. Es ist bald Morgen – – Ich wollte du wärest weg, und doch nicht weiter als der Vogel eines spielenden Mädchens, den sie ein wenig von ihrer Hand weghüpfen läßt, aber aus zärtlicher Eifersucht über seine Freyheit, wenn er sich zu weit entfernen will, den armen kleinen Gefangnen gleich wieder an einem seidnen Faden zurükzieht.

Romeo. Ich wollt' ich wäre dein Vogel.

Juliette. Das wollt' ich auch, mein Herz, wenn ich nicht fürchtete daß ich dich gar zu tode liebkosen möchte. Gute Nacht, gute Nacht. Das Scheiden kommt mich so sauer an, daß ich so lange gute Nacht sagen werde, biß es Morgen ist.

(Sie geht weg.)

Romeo. Schlummer ruhe auf deinen Augen, und süsser Friede in deiner Brust! Möcht' ich der Schlaf und der Friede seyn, um so lieblich zu ruhen! – – Ich gehe nun in die Celle meines Geistlichen Vaters, ihm mein Glük zu entdeken und ihn um seinen Beystand zu bitten.

(ab.)

Dritte Scene

Verwandelt sich in ein Kloster.

Pater Lorenz tritt mit einem Korb auf.

Lorenz. Der grau-augichte Morgen lächelt die runzelnde Nacht weg, und zeichnet die östlichen Wolken mit Streiffen von Licht; indem die geflekte Finsterniß gleich einem Betrunknen, den brennenden Rädern des Titan aus dem Wege taumelt. Nun ist es Zeit, daß ich, eh das flammende Auge der Sonne näher kömmt, dem Tag zu liebkosen, und den nächtlichen Thau aufzutroknen, diesen Korb mit balsamischen Kräutern und Blumen von heilsamer Kraft anfülle. Die Erde, die Mutter der Natur, ist auch ihr Grab, und dieses fruchtbare Grab ists, aus dessen Schoos alle diese verschiednen Kinder entspringen, die wir saugend an ihrem mütterlichen Busen hangen sehen; jede Art mit besondern Kräften begabt, jede mit einer eignen Tugend geschmükt, und keine der andern gleich. Wie groß ist nicht die manchfaltige Kraft die in Pflanzen, Kräutern und Steinen ligt! Nichts was auf der Erde sich findet, ist so schlecht, daß die Erde nicht irgend einen besondern Nuzen davon ziehe; nichts so gut, dessen Mißbrauch nicht schädlich sey. Die Tugend selbst, wird durch Ueberspannung oder irrige Anwendung zum Laster, und das Laster hingegen zuweilen durch die Art wie es ausgeübt wird, geadelt – – In dieser kleinen Blume hier liegt Gift und Heil-Kraft beysammen; ihr Geruch stärkt und ermuntert alle Lebens-Kräfte; gekostet hingegen, raubt sie den Sinnen alle Empfindung, und das Leben selbst. Zween eben so feindselige Gegner ligen allezeit in jedes Menschen Brust, die Gnade, und der verdorbne Wille, und wo dieser die Oberhand gewinnt, da hat der krebsartige Tod nur gar zu bald die ganze Pflanze aufgefressen.

Romeo zu dem Vorigen.

Romeo. Guten Morgen, Vater.

Bruder Lorenz. Benedicite! Was für eine frühe Zunge grüßt mich so freundlich? – – Junger Sohn, es zeigt einen verstörten Kopf an, daß du dein Bette so früh schon verlässest. Sorgen wachen wohl in alter Leute Augen, und wo Sorge wohnt, wird der Schlaf nie sein Nachtlager nehmen: Aber wo kummerfreye Jugend mit unbeladnem Hirn ihre Glieder ruhen läßt, da herrschst der goldne Schlaf. Dein frühes Aufseyn ist mir also ein Zeichen daß irgend eine aufrührische Leidenschaft deine innerliche Ruhe stört – – oder wenn dieses nicht ist, nun, so ist's bald errathen, daß unser Romeo diese Nacht gar nicht zu Bette gegangen ist.

Romeo. Das leztere ist wahr, weil mir eine süssere Ruhe zu theil ward.

Bruder Lorenz. Gott verzeihe dir deine Sünde! warst du bey Rosalinen?

Romeo. Bey Rosalinen, mein geistlicher Vater? Nein. Ich habe sie bis auf ihren Namen vergessen.

Bruder Lorenz. Das ist mein guter Sohn! Aber wo bist du denn gewesen?

Romeo. Ich will es aufrichtig gestehen; ich befand mich vor einiger Zeit, unerkannt, bey einem Gastmal meines Feindes; dort wurd' ich unversehens, von einer Person verwundet, die ich zu gleicher Zeit verwundet habe; du besizest die geheiligte Arzney, die uns allein helfen kan; du siehest, heiliger Mann, daß ich keinen Haß in meinem Herzen hege, da meine Bitte sich auf meinen Feind erstrekt.

Bruder Lorenz. Rede gerad und ohne Umschweiffe mit mir, mein Sohn; eine räthselhafte Beicht' erhält auch nur einen räthselhaften Ablaß.

Romeo. So wisse dann, daß ich des reichen Capulets schöne Tochter liebe; ihr Herz hängt an meinem, wie das meinige an dem ihrigen: Alles ist schon unter uns verglichen, und um gänzlich vereinigt zu seyn, fehlt uns nichts, als der Knoten, den du machen kanst. Wenn, wo, und wie, wir einander zuerst gesehen, geliebt, und unsre Herzen ausgetauscht haben, will ich dir hernach erzählen; alles warum ich izt bitte, ist, daß du einwilligest uns heute noch zu vermählen.

Bruder Lorenz. Heiliger Franciscus! Was für eine Veränderung ist das! Ist Rosaline, die du so zärtlich liebtest, so schnell vergessen? So sizt wohl die Liebe junger Leute bloß in ihren Augen und nicht im Herzen! Jesu, Maria! Was für Fluthen von Thränen haben deine Wangen um Rosalinen willen überschwemmt! Die Sonne hat deine Seufzer noch nicht vom Himmel weggewischt, dein Gewinsel hallt noch in meinen alten Ohren; sieh, hier sizt auf deiner Wange noch der Flek von einer alten Thräne, die noch nicht weggewaschen ist. Wenn du damals du selbst warst, so gehörst du Rosalinen – – und du bist ihr untreu worden? So gestehe dann, daß es unbillig ist, auf den Leichtsinn der Weiber zu schmählen, da in Männern selbst keine Standhaftigkeit ist.

Romeo. Und doch beschaltest du mich so oft, daß ich Rosalinen liebe?

Bruder Lorenz. Daß du in sie vernarrt warst, nicht daß du sie liebtest, mein Kind – –

Romeo. Und befahlst mir, meine Liebe zu begraben?

Bruder Lorenz. Aber nicht eine neue aus ihrem Grab heraus zu holen.

Romeo. Ich bitte dich, schohne meiner; Sie die ich liebe, erwiedert meine Zuneigung durch die ihrige; das that die andre nicht.

Bruder Lorenz. Ohne Zweifel sagte ihr Herz ihr vorher, wie unzuverläßig das deinige sey! Doch komm nur, junger Flattergeist, folge mir; dein Wankelmuth kan vielleicht gute Folgen nach sich ziehen. Diese Verbindung kan das gesegnete Mittel werden, den alten Haß eurer Familien auszulöschen – – und in dieser einzigen Betrachtung will ich dir behülflich seyn.

Romeo. O laß uns gehen, ich habe keine Zeit zu versäumen – –

Bruder Lorenz. Bedächtlich und langsam! Wer zu schnell lauft, stolpert leicht.

(Sie gehen ab.)

Vierte Scene

Verwandelt sich in die Strasse.

Benvolio und Mercutio treten auf.

Mercutio. Wo, zum T**, mag denn dieser Romeo seyn? Kam er verwichene Nacht nicht nach Hause?

Benvolio. Sein Bedienter sagt, nein.

Mercutio. Wie, zum Henker, dieses bleichsüchtige, hartherzige Mensch, diese Rosaline quält ihn, daß er endlich zum Narren d'rüber werden wird.

Benvolio. Tybalt, des alten Capulets Neffe, hat einen Brief in seines Vaters Haus geschikt.

Mercutio. Eine Ausforderung, auf mein Leben!

Benvolio. Romeo wird ihm antworten, wie sich's gebührt.

Mercutio. Auf einen Brief kan endlich ein jeder antworten, der Schreiben gelernt hat.

Benvolio. Nein, ich meyne, Tybalt wird seinen Mann in Romeo finden.

Mercutio. Wollte Gott! Aber ach, der arme Romeo! er ist schon tod; von einer weissen Dirne schwarzem Aug zu tod gestochen! mit einem Liebes-Liedchen durch und durch – – die Ohren gestossen! Der kleine blinde Bogenschüze hat ihm den Herz-Bendel abgeschossen; und er soll der Mann seyn, sich mit einem Tybalt zu messen?

Benvolio. Wie, was ist denn Tybalt – –

Mercutio. Mehr als der Fürst der Kazen; das glaube mir – – O, das ist der herzhafte Obrist-Leutenant aller Complimente; er ficht dir so leicht als du einen Gassen-Hauer singst, und bohrt dir nach der

Cadenz, troz dem besten Tanzmeister – – mit eins, zwey, drey, sein Federmesser in den Busen, daß es eine Lust zu sehen ist – – ein wahrer Mörder eines seidnen Knopfs, ein Duellist, ein Duellist! Ein Mann, der immer zu förderst an der Spize seines hohen Hauses steht, ein Mann der sich nach den Noten schlägt – – ah, der unsterbliche *Passado*, der *Punto reverso*, der – – Hey! – –

Benvolio. Der – – was?

Mercutio. Der Henker hohle diese frazigten, lispelnden, affectierten Narren! Diese süssen Bürschchen, die mit einem halbausländischen Accent ausruffen: Jesu! die allerliebste Klinge! – – Der allerliebste Grenadier! – – die allerliebste H**! – – Wie, ist es nicht erbärmlich, Großvater, daß wir mit diesen Schmetterlingen, mit diesen Mode-Frazen, diesen *pardonnés-moi's* heimgesucht seyn sollen, die so steiff auf der neuen Mode halten, daß sie unmöglich auf dem alten Bank ruhig sizen können? – – O! ihre *bons*, ihre *bons!*

Romeo zu den Vorigen.

Benvolio. Hier kommt Romeo, hier kommt er – –

Mercutio. Ohne seinen Rogen, wie ein gedörrter Häring – – O Fleisch, Fleisch, wie bist du fischificiert! – – Izt ist er in den Harmonien vertieft, worinn Petrarch daherfließt: Laura war gegen sein Fräulein nur ein Küchen-Mensch – – Zum Henker, sie hatte einen Liebhaber der sie besser bereimen konnte – – Dido war gegen sein Mädchen nur eine dike Säug-Amme, Helena und Hero Mezen und Landstreichers-Waare, Thisbe ein kazen-augichtes Ding, oder so was – – Aber nun zur Sache! Signor Romeo, *bon jour*; das ist ein französischer guter Morgen für eure französischen Hosen – – Ihr spieltet uns einen artigen Streich lezte Nacht – –

Romeo. Guten Morgen – – meine Freunde: Was für einen Streich spielt' ich euch dann?

Mercutio. Daß ihr so davon schlüpftet, wie wir euch ruften.

Romeo. Um Vergebung, mein lieber Mercutio, mein Geschäfte war wichtig, und in einem solchen Fall wie der meinige, ist es einem ehrlichen Mann erlaubt, eine kleine Ausnahme von den Regeln der Höflichkeit zu machen.

Die Amme, mit Peter, ihrem Diener, zu den Vorigen.

Amme. Peter – –

Peter. He?

Amme. Meinen Fächer, Peter – –

Mercutio. Thu es, guter Peter, damit sie ihr Gesicht verbergen kan; ihr Fächer ist doch das schönste von beyden.

Amme. Guten Tag geb euch Gott, ihr Herren.

Mercutio. Ein gutes Mittag-Essen geb euch Gott, schönes Frauenzimmer.

Amme. Ist es schon Mittag-Essens-Zeit?

Mercutio. Es ist nicht weniger, sag ich euch; denn die – –

Amme. Ich bitte euch, Gnädiger Herr, wer war der grobe Geselle da, der so voller Raupereyen stekte?

Romeo. Ein junger Edelmann, Amme, der sich selber gerne reden hört, und in einer Minute mehr sagt, als er in einem Monat zu verantworten im Sinn hat.

Amme. Wenn er etwas wider mich sagte, so wollt' ich ihn auf den Boden kriegen, und wenn er noch einmal so muthig wär' als er ist, und zwanzig solche Hansen; und wenn ich nicht kan, so will ich die wol finden, die es können – – der Schurke, der! Ich bin keine von seinen Fleder-Wischen; ich bin keine von seinen Unter-Pfülben! Und du must so da stehn, und zusehen, wie ein jeder Flegel seine Lust an mir büßt?

Peter. Ich sah niemand seine Lust an euch büssen; wenn ich so was gesehen hätte, ich wollte bald mit der Fuchtel heraus gewesen seyn, das versichr' ich euch. Ich habe so viel Herz als ein andrer, wenn ich Sicherheit in einem Handel sehe, und das Gesez auf meiner Seite ist.

Amme. Nun, bey Gott, ich bin so übel, daß alles an mir zittert – – der garstige Mensch! Ich bitte euch, Gnädiger Herr, ein einziges Wort; und wie ich euch sagte, mein junges Fräulein befahl mir euch aufzusuchen; was sie mir sagte, daß ich sagen sollte, will ich bey mir behalten; aber ich will nur so viel sagen, wenn ihr sie ins Narren-Paradies führen würdet, wie man zu sagen pflegt, so wär' es gewißlich eine grosse Sünde, denn das Fräulein ist jung, und wenn ihr sie also nur betrügen wolltet, so wär' es in der That nicht hübsch mit einem jungen Fräulein umgegangen – –

Romeo. Empfiehl mich deiner Fräulein; ich protestiere dir – –

Amme. Das gute Herz! Wohl, meiner Treue, das will ich ihr sagen: Herr, Gott, sie wird sich vor Freude kaum zu lassen wissen – –

Romeo. Was willt du ihr denn sagen, Amme? Du hörst mich ja nicht an.

Amme. Ich will ihr sagen, Gnädiger Herr, daß ihr protestiert, welches, wie ich's verstehe, ein recht honnettes Anerbieten von einem jungen Cavalier ist – –

Romeo. Sag ihr, sie möchte ein Mittel ausfindig machen, diesen Nachmittag zur Beichte zu gehen; so solle sie in Bruder Lorenzens Celle zu gleicher Zeit absolviert und copuliert werden – – Hier ist was für deine Mühe.

Amme. Nein, wahrhaftig, Gnädiger Herr, nicht einen Pfenning.

Romeo. Geh, geh, mach keine Umstände, du must – –

Amme. Diesen Nachmittag, Gnädiger Herr? Gut, wir wollen uns einfinden.

Romeo. Noch eins, gute Amme; warte hinter der Kloster-Mauer, mein Diener soll binnen dieser Stunde bey dir seyn, und dir eine Strik-

Leiter bringen, die mich diese Nacht auf den Gipfel meiner Glükseligkeit führen soll. Lebe wohl, sey getreu, und ich will deine Mühe reichlich belohnen.

Amme. Nun, Gott im Himmel segne dich! Hört einmal, Gnädiger Herr – –

Romeo. Was willt du mir sagen, meine liebe Amme?

Amme. Ist euer Bedienter auch verschwiegen? Hörtet ihr niemal sagen, zween können ein Geheimniß am besten bey sich behalten, wenn man einen davon thut?

Romeo. Ich stehe dir davor, mein Kerl ist so zuverlässig als Stahl und Eisen.

Amme. Gut, Gnädiger Herr, mein Fräulein ist das holdseligste Fräulein von der Welt – – Herr Gott! wie sie noch ein kleines plapperndes Ding war – – O, – – es ist ein Edelmann in der Stadt, ein gewisser Paris, der seinen Mann gar zu gern bey ihr anbringen möchte; aber sie, die gute Seele, sie säh eben so gern eine Kröte als sie ihn sieht: Ich erzürne sie manchmal und sag ihr, Paris sey der schönere von beyden – – aber das versichr' ich euch, wenn ich so rede, so wird sie so bleich wie ein weisses Tuch – – Fangen nicht Rosmarin und Romeo beyde mit einem Buchstaben an?

Romeo. Ja, Amme, warum fragst du das? Beyde mit einem R.

Amme. Ah, Spottvogel! Das ist ja ein Hunds-Name – – Nein, nein, ich weiß, es fangt mit einem andern Buchstaben an, und sie sagt die artigsten Sentenzien darüber, über euch und den Rosmarin, daß es euch im Herzen wohlthäte, wenn ihr's hörtet.

Romeo. Meine Empfehlung an dein Fräulein – –

(Romeo geht ab.)

Amme. O, tausendmal, Peter – –

Peter. He?

Amme. Nimm meinen Fächer, und geh voran.

(Sie gehen ab.)

Fünfte Scene

Verwandelt sich in Capulets Haus.

Juliette tritt auf.

Juliette. Die Gloke schlug neun, wie ich die Amme ausschikte: und sie versprach in einer halben Stunde wieder zu kommen. Vielleicht kan sie ihn nicht finden – – Das kan es nicht seyn – – Oh, sie ist lahm. Die Boten der Liebe sollten Gedanken seyn, die zehnmal schneller fortschlüpfen als Sonnenstralen, wenn sie von dämmernden Hügeln die Schatten der Nacht vertreiben. Deßwegen ziehen leichtgeflügelte Dauben die Liebes-Göttin, und deßwegen hat der Windschnelle Cupido Schwingen. Die Sonne hat bereits den höchsten Gipfel ihrer täglichen Reise erstiegen; von neun bis zwölf sind drey lange Stunden – – und doch ist sie noch nicht da – – O, hätte sie warmes jugendliches Blut und ein gerührtes Herz, sie würde so schnell seyn als ein Ball; meine Worte würden sie zu meinem Geliebten stossen, und die seinigen zu mir – –

Die Amme und Peter treten auf.

Sechste Scene

Verwandelt sich in das Kloster.

Bruder Lorenz und Romeo treten auf.

Bruder Lorenz. So lächle der Himmel auf diese heilige Handlung, daß keine nachfolgende Unglüks-Stunden uns zur Reue zwingen mögen!

Romeo. Amen, Amen! Doch komme was für ein Unglük auch will, es kan die Wonne nicht überwiegen, die mir eine einzige kurze Minute in ihrem Anblik giebt: Vereinige du nur mit heiligen Worten unsre Hände, und dann mag der Tod selbst sein ärgstes thun; es ist genug, wenn ich sie nur mein nennen kann.

Bruder Lorenz. Diese heftigen Entzükungen nehmen gemeiniglich ein plözliches Ende, und sterben in ihrem Triumph; wie Feuer und Pulver, die sich, indem sie sich begegnen, verzehren. Des süssesten Honigs wird man um seiner Süssigkeit willen zulezt überdrüssig. Liebe also mässig, damit du lange lieben könnest; zu schnell kommt eben so spät an, als zu langsam.

(Juliette zu den Vorigen.)

Hier kommt das Fräulein. Wie munter, wie leicht auf den Füssen sie ist! Ein Verliebter könnte das leichte Pflaum-Federchen besteigen, das in der üppigen Sommer-Luft herumflattert, und würde doch nicht fallen, so leicht ist Eitelkeit.

Juliette. Guten Abend, mein geistlicher Vater.

Bruder Lorenz. Romeo, meine Tochter, soll dir für uns beyde danken.

Juliette. Ich wünsche ihm eben so viel, sonst wäre sein Dank zu viel.

Romeo. Ah! Juliette, wenn das Maaß deiner Freude so aufgehäuft ist als das meinige, und du fähiger bist als ich, sie auszudrüken, o so versüsse durch deinen Athem diese umgebende Luft, und laß die zauberische Musik deiner Zunge die Glükseligkeit entfalten, die wir beyde von dieser frohen Zusammenkunft erhalten.

Juliette. Mein Herz ist zu voll von seinem Glük, als daß es sich in Worte ergiessen könnte – – Die sind nur arm, welche sagen können, wie reich sie sind – – Meine Zärtlichkeit ist zu einem solchen Uebermaaß gestiegen, daß ich nicht die Hälfte meines Reichthums anzugeben vermag.

Bruder Lorenz. Kommt, kommt mit mir, und wir wollen kurze Arbeit machen; denn, mit eurer Erlaubniß, sollt ihr nicht allein beysammen bleiben, bis die heilige Kirch aus beyden *Einen* Leib gemacht hat.

(Sie gehen ab.)

O Gott, sie kommt – – O Zuker-Amme, was bringst du mir für eine Zeitung? Hast du ihn angetroffen? – – Schik deinen Diener weg.

Amme. Peter warte vor der Tür auf mich.

(Peter geht ab.)

Juliette. Nun, gute liebe Amme – – O Himmel, warum siehst du so finster? Wenn deine Zeitung böse ist, so solltest du doch freundlich dazu aussehen; und ist sie gut, so verderbst du ihre Musik, wenn du sie mir mit einem sauern Gesicht vorspielst.

Amme. Ich bin müde, laßt mich ein wenig ausruhen – – Fy, meine Beine schmerzen mich, was das für ein Gang war!

Juliette. Ich wollte du hättest meine Beine, und ich deine Zeitung. Nein, komm, ich bitte dich, rede – – Gute, liebe Amme rede.

Amme. Jesu! was für eine Ungeduld! Könnt ihr denn nicht ein wenig warten? Seht ihr nicht, daß ich ganz ausser Athem bin.

Juliette. Wie bist du ausser Athem, da du Athem genug hast mir zu sagen, daß du ausser Athem bist? Die Entschuldigung die du für dein Zaudern machst ist länger als die Erzählung, auf die du mich warten läßst. Ist deine Zeitung gut oder böse? Antworte mir nur das; Sag eines von beyden, und ich will auf die Umstände warten; laß mich nicht in der Unruh, ist sie gut oder böse?

Amme. Wohl, wohl, ihr habt eine feine Wahl getroffen; ihr wißt nicht wie man sich einen Mann auslesen muß: Romeo nein, er nicht; und doch, wenn sein Gesicht gleich nicht besser ist als andrer Leute ihres, so hat er doch die schönsten Waden, die man sehen kan; und was eine Hand, einen Fuß, und einen Leib anbetrift, wenn man schon nicht davon redt, so sind sie doch unvergleichlich. Er ist kein Complimenten-Narr nicht, aber ich bin gut davor, daß er so sanft ist wie ein Lamm – – Geh deines Wegs, Mädchen, und danke Gott – – Wie, habt ihr schon zu Mittag gegessen?

Juliette. Nein, nein aber das alles wußt' ich schon vorher; was sagt er von unsrer Verheurathung? was sagt er davon?

Amme. Herr, wie mir der Kopf weh thut! was ich für einen Kopf habe! Es schlägt nicht anders drinn, als ob er in zwanzig Stüke fallen sollte – – Und mein Rüken – – O mein Rüken, mein Rüken! Gott verzeih' es euch, daß ihr mich ausgeschikt, mit auf- und ablauffen mein Leben einzubüssen.

Juliette. Bey meiner Treue, es ist mir leid, daß du so übel bist. Liebe, liebe, liebe Amme, ich bitte dich, was sagt mein Romeo?

Amme. Euer Romeo redt wie ein rechtschaffner Edelmann, und ein artiger, und ein freundlicher, und ein hübscher, und, ich bin gut dafür, auch ein tugendhafter – Wo ist eure Mutter?

Juliette. Wo meine Mutter ist? Wie, sie ist in ihrem Zimmer; wo soll sie sonst seyn? Wie wunderlich du fragst? Euer Liebhaber redt wie ein rechtschaffner Edelmann – – wo ist eure Mutter! – –

Amme. O heilige Mutter Gottes, wie hizig ihr seyd! Wahrhaftig, ihr macht mir's, daß es nicht recht ist. Ist das der Lohn für meine Schmerzen in den Beinen? Ein andermal rüstet eure Gesandschaften selbst aus – –

Juliette. Was du für einen Lerm machst? Komm, was sagt Romeo?

Amme. Habt ihr Erlaubniß gekriegt, heut zur Beichte zu gehen?

Juliette. Ja.

Amme. So macht euch, sobald ihr könnt, nach Bruder Lorenzens Celle; dort wartet ein Mann auf euch, der euch zu einem Weibe machen will – – Nun rennt das muthwillige Blut wieder in eure Wangen – – Man kan euch kaum was neues sagen, so sind sie lauter Scharlach.

Geht ihr zur Kirche; ich muß einen andern Weg, eine Leiter zu holen, auf der euer Liebhaber zu einem Vogel-Nest hinaufklettern soll, so bald es dunkel seyn wird. Ich bin den ganzen Tag mit euerm Vergnügen geplagt, aber heute Nacht werdet ihr die Last selber tragen. Geht, ich will zum Mittag-Essen, macht ihr daß ihr in die Celle kommt.

Juliette. Wie glüklich bin ich! Leb wohl indessen, gute Amme!

(Sie gehen ab.)

Dritter Aufzug

Erste Scene

Die Strasse.

Mercutio und Benvolio mit ihren Bedienten treten auf.

Benvolio. Ich bitte dich, lieber Mercutio, laß uns gehen, der Tag ist heiß, und die Capulets schwärmen in den Strassen herum; wenn wir ihnen begegnen, so wird es unfehlbar Händel absezen; denn in diesen heissen Tagen ist das tolle Blut aufrührisch.

Mercutio. Du kommst mir gerade so vor, wie einer von den tapfern Männern, die, wenn sie in ein Weinhaus kommen, gleich ihren Degen auf den Tisch schmeissen und sagen: Gott gebe daß ich dich nicht nöthig habe! aber sobald ihnen die zweyte Flasche in den Kopf gestiegen ist, ihn gegen den Keller-Jungen ziehen, welches sie in der That nicht nöthig hatten.

Benvolio. Und einem solchen Burschen bin ich gleich?

Mercutio. Komm, komm, wenn du aufgebracht bist, bist du ein so hiziger Klingen-Fresser als irgend einer in Italien – – und das schlimmste dabey ist, daß du eben so schnell aufzubringen bist, als du hizig bist, wenn man dich aufgebracht hat.

Benvolio. Wie kömmt das?

Mercutio. Wahrhaftig, wenn zween solche wären wie du, wir würden gar bald gar keinen haben, denn einer würde den andern in der ersten Stunde aufreiben. Du? du fängst ja Händel mit einem an, weil er ein Haar mehr oder weniger in seinem Bart hat, als du; du würdest mit einem anbinden, der Nüsse aufknakte, ohne eine andre Ursache angeben zu können, als weil du nußbraune Augen hast. Dein Kopf ist so voller Händel, als ein Ey voll von Dotter und Eyer-Klar – – und doch ist dir dieser nemliche Kopf, um deiner Schlägereyen willen, schon so weich geschlagen worden, als ein gesottnes Ey. Du hast dich mit einem geschlagen, der auf der Strasse hustete, weil er deinen Hund damit aufgewekt habe, der in der Sonne schlafend lag. Fiengst du nicht mit einem Schneider Händel an, weil er sein neues Wams vor Ostern trug? und mit einem andern, weil er seine neue Schuhe mit einem alten Nestel zugeknöpft hatte? Und du willt hier den Hofmeister mit mir machen, und mich vor Händeln warnen!

Benvolio. Wenn ich so händelsüchtig wäre wie du, es würde mir niemand zwo Stunden um mein Leben geben – –

Tybalt, Petrucchio und andre von den Capulets treten auf.

Bey meinem Kopf, hier kommen die Capulets – –

Mercutio. Bey meiner Ferse, ich frage nichts darnach.

Tybalt. Haltet euch dicht an mir, ich will mit ihnen reden – – Guten Tag, meine Herren, ein Wort mit einem von euch.

Mercutio. Warum nur Ein Wort? Kuppelt es mit einem leibhaftern Ding zusammen, macht daß ein Wort und eine Ohrfeige draus wird.

Tybalt. Ihr sollt mich willig genug dazu finden, Herr, wenn ihr mir Gelegenheit dazu geben wollt.

Mercutio. Könnt ihr denn keine Gelegenheit nehmen, ohne daß man sie euch geben muß?

Tybalt. Mercutio, du ziehst immer mit Romeo herum – –

Mercutio. Herumziehen! wie, machst du Bier-Fidler aus uns? Wenn du Bier-Fidler aus uns machst, so erwarte nichts bessers als Mißtöne zu hören – – Hier ist mein Fiddel-Bogen – – Hier ist was, das euch tanzen machen soll! – – Höll-Teufel! Herumziehen!

(Er legt die Hand an seinen Degen.)

Benvolio. Wir sind hier mitten unter den Leuten. Entweder zieht euch an einen abgelegnen Ort zurük, oder macht euren Zwist mit kaltem Blut aus; hier gaffen uns alle Augen an.

Mercutio. Die Leute haben ihre Augen drum, damit sie sehen sollen; laß sie gaffen; ich will niemand zum Gefallen von der Stelle gehen, ich.

Romeo zu den Vorigen.

Tybalt. Gut! Ihr könnt Friede haben, Herr! Hier kommt mein Mann.

Mercutio. Aber ich will gehangen seyn, Herr, wenn er euere Liverey trägt; geht nur zuerst zu Felde, er wird euch auf dem Fusse folgen; in diesem Sinn kan Eu. Gnaden ihn wol einen Mann heissen.

Tybalt. Romeo, die Liebe die ich zu dir trage, giebt mit keinen bessern Gruß für dich als diesen, du bist ein nichtswürdiger Kerl – –

Romeo. Tybalt, die Ursache die ich habe dein Freund zu seyn, ist groß genug, mich gegen die beleidigende Wuth eines solchen Grusses unempfindlich zu machen – – Ich bin nicht was du sagst – – Also, lebe wohl; ich sehe, du kennst mich nicht.

Tybalt. Junge, damit sollst du nicht für die Beleidigungen davon kommen, die ich von dir empfangen habe; kehr um, und zieh.

Romeo. Ich schwöre dir, daß ich dich nie beleidigt habe; ich liebe dich mehr als du dir einbilden kanst; und bis du die Ursach erfahren wirst, warum ich dich liebe, guter Capulet, *(leiser)* – – dessen Name mir so theuer ist als mein eigner – – gieb dich zufrieden.

Mercutio. Wie? So gelassen? O schimpfliche, niederträchtige Gelassenheit! – – Tybalt, du Razenfänger, willt du mit mir kommen?

Tybalt. Was willst du von mir?

Mercutio. Guter Kazen-König, nichts als eines von deinen neun Leben, um ein bißchen lustig damit zu machen, und je nach dem ihr euch künftig aufführen werdet, euch auch die übrigen auszuklopfen. Wollt ihr euern Degen ziehen? Macht hurtig – –

Tybalt. Ich bin zu euern Diensten.

(Er zieht.)

Romeo. Liebster Mercutio, stek dein Rapier ein.

Mercutio. Wolan, Herr, einen kleinen Gang.

(Mercutio und Tybalt fechten.)

Romeo. Zieh, Benvolio – – hilf mir ihnen die Degen aus den Händen schlagen – – Meine Herren – – Um's Himmels willen, haltet ein – – Tybalt – – Mercutio – – Ihr wißt das ausdrükliche Verbot des Fürsten – – Halt, Tybalt – – armer Mercutio – –

(Tybalt geht ab.)

Mercutio. Ich bin verwundet – – Verderben über eure beyde Häuser! Ich habe meinen Theil. Ist er weg, und hat nichts?

Benvolio. Wie, bist du verwundet?

Mercutio. Ja, ja, eine Rize, eine Nadelrize – – Zum Henker, es ist genug, wo ist mein Diener? Geh, Schurke, hol einen Wund-Arzt.

Romeo. Gutes Muths, Mann, die Wunde wird nicht viel zu bedeuten haben.

Mercutio. Nein, sie ist nicht so tief als ein Zieh-Brunnen, noch so weit als eine Kirchen-Thür, aber sie ist eben recht, so viel ich brauche; fragt morgen wieder nach mir. Ich bin gepfeffert für diese Welt, das glaubt mir; der Henker hole eure beyden Häuser! Wie? ein Hund, eine Raze, eine Maus, eine Kaze soll einen Mann zu tod krazen? Eine feige Hure, ein Schurke, ein Lumpen-Kerl, der nach dem Rechenbuch ficht? Warum zum Teufel kam't ihr zwischen uns? Ich wurde unter euerm Arm gestossen – –

Romeo. Ich that es aus der besten Absicht.

Mercutio. Hilf mir in irgend ein Haus, Benvolio, oder ich werde umsinken – – Die Pest über eure Häuser! Sie haben eine Wurms-Mahlzeit aus mir gemacht; ich hab' es, und bald genug – – Den Teufel über eure Häuser! – –

(Mercutio und Benvolio gehen ab.)

Zweyte Scene

Romeo. Dieser Edelmann, ein naher Verwandter des Prinzen, mein bester Freund, muß um meinetwillen sein Leben lassen – – meine Ehre ist durch Tybalts Lästerungen beflekt, Tybalts, der kaum seit einer Stunde mein Vetter ist: O süsse Juliette, deine Schönheit hat mich weibisch gemacht – – Würd' ein Mann soviel leiden und gelassen bleiben?

Benvolio tritt auf.

Benvolio. O Romeo, Romeo, der brave Mercutio ist todt – –

Romeo. Dieser unglükselige Tag, es ahnet mir, wird mehr andre nach sich ziehen – –

Tybalt zu den Vorigen.

Benvolio. Hier kommt der rasende Tybalt wieder zurük.

Romeo. Lebend, im Triumph? und Mercutio ist erschlagen? Hinweg gen Himmel, zurükhaltende Sanftmuth, und du, feuer-augichte Wuth, sey nun meine Führerin! Nun, Tybalt nimm den nichtswürdigen Kerl zurük, den du vorhin mir gabst – – Mercutio's Seele schwebt nicht weit über unsern Häuptern und wartet auf die deinige – – Du oder ich, einer von uns muß ihm Gesellschaft leisten.

Tybalt. Du, armseliger Junge, der hier mit ihm zu lauffen gewohnt war, du sollst mit ihm.

(Sie fechten; Tybalt fällt.)

Benvolio. Romeo, hinweg, fliehe – – die Bürger lauffen zusammen, und Tybalt ist erschlagen – – Steh nicht so sinnlos da – – der Prinz wird dein Todes-Urtheil sprechen, wenn du ergriffen wirst – – Hinweg, fliehe, fort!

Romeo. O! Ich unglükseliger Ball des Glüks – –

Benvolio. Wie, du zögerst noch?

(Romeo entweicht.)

Dritte Scene

Einige Bürger treten auf.

Bürger. Welchen Weg floh Tybalt, der den Mercutio ermordet hat? Wo floh er hin?

Benvolio. Hier ligt Tybalt.

Bürger. Auf, Herr, geht mit mir – – ich befehle dir's in des Fürsten Namen, gehorche.

Der Prinz, Montague, Capulet, ihre Weiber, u. s. w. treten auf.

Prinz. Wo sind die schändlichen Urheber dieser Unruh?

Benvolio. Gnädigster Herr, ich kan den ganzen unglüklichen Hergang dieses fatalen Zwists erzählen; hier ligt, vom jungen Romeo erschlagen, der Mann der den tapfern Mercutio, euern Vetter erschlug.

Lady Capulet. Tybalt, mein Neffe! O meines Bruders Kind! Unglükseliger Anblik! O weh mir, das Blut meines liebsten Neffen ist vergossen – – Prinz, so wahr du diesen Namen verdienst, so laß unser Blut durch das Blut des mördrischen Montague gerochen werden.

Prinz. Benvolio, wer war der Anfänger des Handels?

Benvolio. Tybalt, der hier von Romeo's Hand erschlagen ligt, von Romeo, der ihm freundlich zuredete, ihn bat die Gefährlichkeit der Händel, die er anfieng, zu bedenken, und daß er sich die schärfste Ahndung von Eurer Durchlaucht zuziehen werde; aber alles was er mit sanfter Stimme, ruhigen Bliken, und demüthig gebognen Knien sagte, war nicht vermögend die wüthende Galle des tauben Tybalts zu besänftigen – – noch ihn abzuhalten, den scharfen Stahl nach des kühnen Mercutio Brust zu züken, der gleich hizig ihm Stoß um Stoß wiedergab, und mit furchtlosem Kaltsinn, mit der einen Hand den kalten Tod auf die Seite schlug, mit der andern ihn zu Tybalt zurük sandte, von dessen geschikter Faust er gleich wieder auf seinen Gegner zurükprallte. – – Romeo ruft was er kan: haltet ein! Freunde! Freunde, haltet ein! und schneller als seine Zunge schlägt sein behender Arm beyder tödtliche Klingen nieder, und stürzt sich zwischen sie: Aber in eben diesem Augenblik durchbort, unter seinem Arm, ein unglüklicher Stoß von Tybalt des unbändigen Mercutio's Herz; Tybalt entflieht, aber bald kommt er wieder zu Romeo zurük, den eines Freundes Tod zur Rache anspornt, und wie der Bliz sind sie an einander: Denn eh ich sie von einander reissen konnte, war Tybalt erschlagen, und so wie er fiel, begab sich Romeo auf die Flucht. Diß ist die Wahrheit, oder laßt Benvolio sterben.

Lady Capulet. Er ist ein Verwandter von den Montaguen, die Freundschaft macht ihn verdächtig, er sagt nicht die Wahrheit. Es waren ihrer wenigstens zwanzig gegen den einzigen Tybalt, weniger als diese zwanzig hätten nichts über ihn vermocht. Ich verlange

Justiz, Prinz, und es ist nicht in deiner Gewalt sie abzuschlagen. Romeo tödtete Tybalt, Romeo soll nicht leben!

Prinz. Romeo erschlug ihn, und er erschlug den Mercutio – – von wem soll dann ich das werthe Blut meines Anverwandten fordern?

Lady Montague. Nicht von Romeo, Prinz, er war Mercutio's Freund: Sein ganzer Fehler war, daß er dem Mörder Tybalt das Leben nahm, welches ihm das Gesez ohnehin genommen hätte.

Prinz. Und dieses Verbrechens wegen verbannen wir ihn von Stund an aus Verona – – Euere Feindschaft, euer ungezähmter Groll kostet mich mein eignes Blut, es ist hohe Zeit um meiner eignen Sicherheit willen ihm Einhalt zu thun. Ich will es, ich will durch den Zwang der Straffen erhalten, was Drohung nicht vermocht hat. Keine Entschuldigungen! Keine Vorbitten! weder Thränen noch Fußfälle sollen die ermüdete Gerechtigkeit versöhnen – – Laßt Romeo unverzüglich fliehen, oder die Stunde, worinn er ergriffen wird, ist seine lezte – – Traget diesen Leichnam von hinnen, und erwartet meinen fernern Willen – – Gnade wird selbst zur Mörderin, wenn sie Mördern vergiebt.

(Sie gehen ab.)

Vierte Scene

Verwandelt sich in ein Zimmer in Capulets Haus.

Juliette tritt allein auf.

Juliette. Eilet, eilet davon, ihr feurigen Rosse der Sonne, euerm Nachtlager zu – – ein solcher Führer, wie Phaeton war, würde euch bald nach Westen gepeitscht, und in einem Augenblik den Tag in düstre Nacht verwandelt haben – – Spreite deinen dichten Vorhang aus, Liebebefördernde Nacht! daß die Augen des müden Phöbus niken, und unbesprochen und ungesehn Romeo in diese Arme fliege. Liebende sehen genug zu ihren zärtlichen Geheimnissen beym Glanz ihrer eignen Schönheiten: Oder wenn die Liebe blind ist, so taugt sie am besten zur Nacht. Komm, stille Nacht, gleich einer sittsamen Matrone ganz in Schwarz gekleidet; komm und lehre mich ein gewinnreiches Spiel verliehren, das um ein paar unbeflekte Jungferschaften gespielt wird – – Verhülle das unbemannte Blut, das meine Wangen erhizt, in deinen schwarzen Schleyer, bis die ungewohnte Liebe kühner wird, und in ihren brünstigsten Ausbrüchen nichts als Unschuld findt. Komm, Nacht, komm, Romeo, komm du Tag in der Nacht, denn du wirst auf den Flügeln der Nacht weisser als Schnee auf eines Raben Rüken ligen; komm, holde Nacht, komm, liebende, schwarz-augichte Nacht! Gieb mir meinen Romeo, und wenn er einst sterben muß, so nimm ihn und schneid ihn in kleine Sterne aus, und er wird dem Antliz des Himmels eine so reizende Anmuth geben, daß die ganze Welt in die Nacht verliebt werden, und den Flitter-Glanz der Sonne nichts mehr achten wird – – O wie lang, wie verdrießlich lang ist dieser Tag, so lang, wie die Nacht vor einem Festtag einem ungeduldigen Kinde, das neue Kleider bekommen hat, und sie noch nicht tragen darf.

O, hier kommt meine Amme – –

Die Amme mit einer Strik-Leiter.

und bringt mir Nachrichten – –jede Zunge, die meines Romeo Namen ausspricht, ist die Zunge eines Engels für mich – – Nun Amme, was giebt's neues? Was hast du hier? Die Strik-Leiter die Romeo dich holen hieß?

Amme. Ja, ja, die Strik-Leiter – –

Juliette. Weh mir! was ist begegnet? warum ringst du die Hände?

Amme. Ach! daß's Gott erbarm'! er ist todt, er ist todt, er ist todt! wir sind verlohren, Fräulein, wir sind verlohren! – – Ach, daß's Gott erbarm! er ist hin, er ist umgebracht, er ist todt!

Juliette. Kan der Himmel so mißgünstig seyn?

Amme. Was der Himmel nicht kan, kan Romeo – – O Romeo! Romeo! Wer hätte sich das einbilden können, Romeo?

Juliette. Was für ein Teufel bist du, der mich so martert? Diese Folter sollte im Abgrund der Hölle geheult werden! Hat Romeo sich selbst ermordet? Sag nur ja, und diese einzige Sylbe wird mich schneller vergiften als das todtschiessende Auge des Basilisken.

Amme. Ich sah die Wunde, ich sah sie mit meinen Augen, Gott behüte mich! Hier – – auf seiner männlichen Brust. Eine erbärmliche Leiche, eine blutige erbärmliche Leiche, bleich, bleich wie Asche, ganz mit Blut beschmiert, lauter geronnen Blut – – es wurde mir ohnmächtig wie ich es sah.

Juliette. O brich mein Herz – – schließt euch zu, meine Augen; öffnet euch nicht mehr – – stirb, arme Unglükliche, daß dich und Romeo Eine Baare drüke!

Amme. O Tybalt, Tybalt, der beste Freund den ich hatte: O freundlicher, wakrer, edler Tybalt, daß ich leben mußte, dich todt zu sehen!

Juliette. Was für ein Sturm ist das, der von so entgegenstehenden Seiten bläst. Ist Romeo erschlagen, und ist Tybalt todt? Mein vielgeliebter Vetter, und mein geliebterer Gemahl? Wenn das ist, so mag die Posaune zum allgemeinen Gerichts-Tag blasen – – Denn wer lebt noch, wenn diese zween nicht mehr sind?

Amme. Tybalt ist todt, und Romeo verbannt; Romeo, der ihn erschlug, ist verbannt.

Juliette. O Gott! Romeo's Hand vergoß Tybalts Blut?

Amme. Das that sie, das that sie, leider Gott erbarm's, das that sie.

Juliette. O Schlangen-Herz, unter einem blühenden Gesicht verborgen! wohnte jemals ein Drache in einer so schönen Höhle? Liebreizender Unmensch, Englischer Teufel! – – O Natur, was hast du in der Hölle zu thun, wenn du den Geist eines solchen Teufels in ein irdisches Paradies herbergest? War jemals ein Buch von so schändlichem

Inhalt so schön eingebunden? O, daß in einem so prächtigen Palast gleißnerisches Laster wohnen soll!

Amme. Es ist weder Treu, noch Glauben, noch Ehrlichkeit in diesen Mannsleuten; sie sind alle meineydig, alle Verräther, lauter Nichts, alle Heuchler – – Ah! wo ist mein Diener? Gieb mir ein wenig Aquavit – – Dieser Jammer, diese Noth, diese Sorgen machen eins vor der Zeit grau – – Schaam über diesen Romeo!

Juliette. Verflucht sey deine Zunge durch einen solchen Wunsch! Er ward nicht zur Schaam gebohren, sie untersteht sich nicht auf seine Stirne zu sizen: Sie ist ein Thron, wo die Ehre zum allgemeinen Monarchen der ganzen Welt gekrönt werden sollte! O was für eine Unglükliche war ich, so wider ihn auszubrechen!

Amme. Wolltet ihr gut von dem Mörder euers Verwandten reden?

Juliette. Soll ich übel von meinem Ehemann reden? Ach, armer Gemahl, was für eine Zunge soll deinem Namen liebkosen, da ich, dein dreystündiges Weib, ihn mißhandelt habe? – – Aber warum, Unglüklicher, tödtetest du meinen Vetter? Dieser Vetter, der Unglükselige! würde sonst meinen Gemahl getödtet haben. Zurük, thörichte Thränen, zurük in eure Quelle; ihr seyd ein Zoll der dem Kummer gebührt, und ihr bietet ihn aus Irrthum der Freude dar? Mein Gemahl lebt, den Tybalt ermorden wollte, und Tybalt ist todt, der meinen Gemahl gern getödtet hätte; alles dieses ist Trost; warum wein' ich dann? Ach! es war noch ein Wort, schlimmer als Tybalts Tod, das mich ermordet hat; ich streb' umsonst es zu vergessen, ach! es dringt sich meinem Gedächtniß auf, wie das Bewußtseyn böser Thaten dem Gemüthe des Sünders; Tybalt ist todt und Romeo verbannt; dieses *verbannt*, dieses einzige Wort verbannt, hat zehntausend Tybalts ermordet; Tybalts Tod war für sich allein Unglüks genug – – Oder wenn das Unglük ja Gesellschaft haben will, warum folgte, wie sie sagte – – Tybalt ist todt – – warum folgte nicht, dein Vater, oder deine Mutter, oder gar beyde? Aber mit diesem gräßlichen Nachklang: auf, Tybalt ist todt – – Romeo ist verbannt – – Durch dieses einzige Wort ist Vater, Mutter, Tybalt, Romeo, Juliet, alles erschlagen, alles todt! – – Romeo verbannt! Es ist weder Ziel, noch Maaß, noch Ende in dem Tod dieses Worts – – es sind keine Worte die den Jammer ausdrüken, den es in sich hält. Wo ist mein Vater und meine Mutter, Amme?

Amme. Weinend und jammernd über Tybalts Leiche. Wollt ihr zu ihnen? Ich will euch hinführen.

Juliette. Waschen sie seine Wunden mit Thränen? Meine sollen, wenn die ihrigen vertroknet sind, über Romeo's Verbannung fliessen. Nimm diese Strike zu dir – – arme Strike, ihr seyd verrathen, ihr und ich; Romeo ist verbannt! Er wollte sich auf euch einen Weg zu meinem Bette machen; aber nun werd' ich als eine verwittwete Jungfrau sterben. Komm, Strik-Leiter; komm, Amme; ich will in mein Braut-Bette, um dem Tod, nicht meinem Romeo in die Arme zu sinken.

Amme. Geht in euer Zimmer; ich will den Romeo aufsuchen, der euch trösten soll. Ich weiß wol wo er ist; ich will zu ihm, er ist in Bruder Lorenzens Celle.

Juliette. O such ihn, find ihn, gieb ihm diesen Ring, und bitt' ihn daß er komme, sein leztes Lebewohl zu nehmen.

(Sie gehen ab.)

Fünfte Scene

Verwandelt sich in das Kloster.

Bruder Lorenz und Romeo treten auf.

Bruder Lorenz. Romeo, komm hervor, hervor du furchtsamer Mann; der Kummer ist in deine Schönheit verliebt, und du bist mit der Wiederwärtigkeit verheurathet.

Romeo. Was bringt ihr mir neues, mein Vater? Was ist des Prinzen Urtheil? Was für ein noch unbekanntes Elend will Bekanntschaft mit mir machen?

Lorenz. Nur allzuvertraut ist mein theurer Sohn mit so beschwerlicher Gesellschaft. Ich bringe dir Nachricht von des Prinzen Urtheil.

Romeo. Was weniger kan mein Urtheil seyn als der Tod?

Lorenz. Ein milderer Spruch ergieng von seinen Lippen – – Nicht dein Tod, nur deine Verbannung.

Romeo. Ha! Verbannung! Sey mitleidiger, sage, Tod; denn Verbannung hat weit mehr schrekliches in ihren Bliken als der Tod selbst. Sage nicht, Verbannung.

Lorenz. Hier aus Verona bist du verbannt; sey geduldig, die Welt ist weit und breit.

Romeo. Ausser Verona's Mauern ist keine Welt, sondern nichts als Fegfeuer, Abgrund und Hölle. Von hier verbannt ist aus der ganzen Welt verbannt, und aus der Welt verbannt seyn, ist Tod.
Dieses *verbannt* ist nur ein unrecht benannter Tod; wenn du den Tod Verbannung nennst, so ist das nichts bessers als ob du mir den Kopf mit einem goldnen Beil abhautest und zu dem Streich lächeltest, womit du mir das Leben nimmst.

Lorenz. O Todsünde! O rohe Undankbarkeit! Auf dein Vergehen sezt unser Gesez den Tod; der gütige Fürst tritt dazwischen, stößt das Gesez auf die Seite, und verwandelt das schwarze Wort Tod in Verbannung; welch eine Gnade, und du siehst sie nicht?

Romeo. Marter ist's, nicht Gnade! Der Himmel ist da, wo Juliette lebt; jede Kaze, jeder Hund, jede kleine Maus, jedes unwürdige Ding lebt hier im Himmel, und kan sie ansehen, nur Romeo nicht. Armselige Schmeis-Fliegen haben mehr Recht, sind achtbarer, edler, glüklicher als Romeo; sie können sich auf die weisse Hand meiner theuren Juliette sezen, und unsterbliche Wonne von ihren Lippen stehlen

– – Fliegen können das thun, indeß daß ich von ihr fliehen muß; und sagst du noch, daß Verbannung nicht Tod ist? – – Sie können's, nur Romeo kan nicht, denn er ist verbannt – – Hast du keinen Gift-Trank, keinen Dolch, kein plözliches Todes-Werkzeug, (so elend es seyn mag, kan es doch nicht so elend seyn als verbannt) mir das Leben zu nemmen? Ha! Verbannt! O Vater, die Verdammten in der Hölle brauchen dieses Wort, und Heulen folgt darauf – – Wie kanst du so unbarmherzig seyn, du ein Mann Gottes, ein geistlicher Vater, ein Beichtiger, und mein erklärter Freund, mich mit diesem verfluchten Wort, zu zerschmettern?

Lorenz. Wahnwiziger, liebeskranker Thor, höre mich reden – –

Romeo. O du willst wieder von Verbannung anfangen – –

Lorenz. Ich will dir Waffen geben, wodurch du dieses Wort von dir abhalten kanst; die süsse Milch der Wiederwärtigkeit – – Philosophie, die dich beruhigen wird, ob du gleich verbannt bist.

Romeo. Immer noch verbannt? An den Galgen mit Philosophie; wenn Philosophie nicht eine Juliette machen, eine Stadt versezen, die Urthel eines Prinzen aufheben kan, so hilft sie nicht, so nüzt sie nichts, sagt mir nichts mehr davon – –

Lorenz. Nun dann, tolle Leute haben keine Ohren, wie ich sehe.

Romeo. Wie sollten sie, wenn kluge Leute keine Augen haben?

Lorenz. Komm, laß uns vernünftig von deinen Umständen reden – –

Romeo. Du kanst von dem nicht reden was du nicht fühlst; wärest du so jung wie ich, und wäre Juliette deine Liebste, wärst du vor einer Stunde mit ihr verheurathet, und hättest in dieser Stunde Tybalten umgebracht, und liebtest bis zum Wahnwiz wie ich, und wärest wie ich verbannt – – dann möchtest du reden, dann möchtest du dir die Haare ausrauffen, und dich auf den Boden werfen, wie ich izt thue, und das Maas zu deinem Grabe nemmen.

(Er wirft sich auf den Boden.)

Lorenz. Steh auf – – es klopft jemand: *(Man hört klopfen.)* Guter Romeo, verbirg dich.

Romeo. Nein wahrhaftig, wenn nicht der Dampf Herzzersprengender Seufzer, mich wie ein Nebel vor den Augen der Leute verbirgt.

Lorenz. Horche! was das für ein Klopfen ist! wer ist da? – – *(leise.)* Romeo steh auf, du wirst ergriffen werden – – *(laut.)* – – Nur einen Augenblik Geduld! – – *(leise.)* Steh auf, *(Man klopft immer lauter.)* lauf in meine Celle – – *(laut.)* Gleich, gleich – – Um Gottes willen, was für eine Halsstarrigkeit ist das! – – *(Man klopft.)* Ich komme, ich komme. Wer klopft so stark? Wer seyd ihr? Was wollt ihr?

Amme *(hinter der Scene.)*
Laßt mich nur ein, so sollt ihr gleich erfahren, worinn mein Auftrag besteht – – Ich komme von Fräulein Juliette – –

Lorenz. So seyd willkommen – – *(Er macht auf.)*

Die Amme tritt auf.

Amme. O ehrwürdiger Herr, o sagt mir, ehrwürdiger Herr, wo ist meiner Fräulein ihr Herr? Wo ist Romeo?

Bruder Lorenz. Hier, auf dem Boden, den seine Thränen überschwemmen.

Amme. O, so macht er's gerade wie mein Gnädiges Fräulein, sie macht's gerade auch so; o trauervolle Sympathie! Gerade so ligt sie, schluchzend und weinend, und weinend und schluchzend – – Die Baken sind ihr ganz davon aufgeschwollen – – Steht auf, steht auf – – Steht, wenn ihr ein Mann seyd – – Um Juliettens willen, um ihrentwillen, auf vom Boden und steht! warum sollt ihr in ein so tiefes O! – – fallen? – –

Romeo. Amme! – –

Amme. Ach, Gnädiger Herr, Gnädiger Herr! – – Mit dem Tod hört alles auf.

Romeo. Redst du von Julietten? Wie steht es um sie? Glaubt sie nicht, ich sey ein verhärtetet Ruchloser, ein Mörder vom Handwerk, da ich die Kindheit unsrer Freude mit ihr so nahverwandtem Blut beflekt habe? Wo ist sie? Was macht sie? Was sagt meine neuangetraute Gemahlin zu den unverhoften Hinternissen unsrer Liebe?

Amme. O, sie sagt nichts, Gnädiger Herr; sie thut nichts als weinen und weinen, und sinkt dann auf ihr Bett hin, und fährt dann wieder auf, ruft Tybalt, und dann Romeo, – – und sinkt dann wieder von neuem hin – –

Romeo. – – Als ob dieser Name wie aus dem tödtlichen Canal einer Flinte geschossen, sie ermorde, wie dieses Namens verfluchte Hand ihren Verwandten ermordet hat – – Sag mir, Vater, sag mir, in was für einem verworfnen Theil dieses Körpers mein Name wohnt? Sag mir's, damit ich die verhaßte Wohnung zerstören kan.

(Er zükt seinen Degen.)

Bruder Lorenz. Halt deine verzweifelnde Hand. Deine Thränen sind unmännlich und deine wilden Bewegungen die Ausbrüche der vernunftlosen Wuth eines wilden Thiers – – Unweibliches Weibsbild in Gestalt eines Manns, wildes Thier in der schönen Gestalt eines vernünftigen Geschöpfs – – Du sezst mich in Erstaunen. Bey meinem heiligen Orden! Ich traute dir mehr Muth, mehr geseztes Wesen zu. Du hast Tybalten erschlagen – – Willt du nun auch dich, auch deine Geliebte, die in dir lebt, ermorden? Verachtest du so, was deine Geburt, was Himmel und Erde für dich gethan haben; alle drey vereinigten sich, dich groß und glüklich zu machen, und du willt alles durch einen Streich verliehren? Fy, fy, du entehrst deine Gestalt, deine Liebe, deine Vernunft, da du, wie ein Wucherer, an allen dreyen so reich bist, und keines zu dem edeln Gebrauch anwendest wozu du es empfiengest. Deine schöne Gestalt ist ohne den tapfern Muth eines Mannes, nur ein wächsernes Bild – – Deine heilig beschwohrne Liebe nur treuloser Meineyd, da du eben diese Liebe tödten willst, die du zu ernähren angelobet hast.

Deine Vernunft, welche beyde regieren und verschönern sollte, wird wie Pulver in eines unachtsamen Soldaten Beutel, durch deine eigne Unbesonnenheit in Feuer gesezt, und du durch dasjenige aufgerieben, was dich beschüzen sollte. Wie, stehe auf, Mann, deine Julia lebt noch, um derentwillen du todt warest: Hierinn bist du glüklich. Tybalt wollte dir das Leben nehmen, aber du nahmst es ihm; hierinn bist du auch glüklich. Das Gesez, das dir den Tod dräute, wurde dein Freund, und verwandelte ihn in Verweisung; auch darinn bist du glüklich. Wie viel Glükseligkeiten – – und du erkennst sie nicht? Die Glükseligkeit kleidet dich in ihren schönsten Puz, und wie ein unartiges verdrießliches Mädchen, schielst du dein Glük und deine Liebe mit unzufriednen Bliken an. Nimm dich in acht, nimm dich in acht, solche Leute nehmen meistens ein elendes Ende. Geh, geh zu deiner Geliebten wie es abgeredet war, steig in ihr Zimmer, weg, und tröste sie; aber siehe zu, daß du dich nicht so lange verweilest, bis die Wache aufzieht; sonst könntest du nicht nach Mantua entrinnen, wo du dich so lange aufhalten sollst, bis wir die gelegne Zeit ersehen, eure Heyrath bekannt zu machen, euch mit euern Freunden auszusöhnen, des Prinzen Verzeihung zu erlangen, und dich mit zwanzigtausendmal mehr Freude zurük zu beruffen, als izt der Schmerz ist mit dem du fortgehst. Geh voran, Amme; grüsse mir dein Fräulein, und bitte sie, sie soll machen, daß das ganze Haus fein bald zu Bette komme, wozu die allgemeine Betrübniß sie ohnehin geneigt machen wird. Romeo wird bald nachfolgen.

Amme. O Herre, ich hätte die ganze Nacht hier stehen mögen, um so gescheidte Sachen reden zu hören: O was das ist, wenn man gestudiert ist! Gnädiger Herr, ich will meiner Fräulein sagen, daß ihr kommen werdet.

Romeo. Thu das, und bitte sie, sie soll sich gefaßt machen, mich auszuschelten.

Amme. Hier ist ein Ring, Gnädiger Herr, den sie mir für euch mitgab – – Eilet doch, macht hurtig, es ist schon sehr spät – –

Romeo. Wie schnell diese Erwartung meinen Muth wiederaufleben macht!

Bruder Lorenz. Halte dich in Mantua auf; ich will einen zuverläßigen Mann für euch ausfündig machen, der euch von Zeit zu Zeit berichten soll, was für günstige Umstände sich hier für euch ereignen. Gieb mir deine Hand, es ist späte, lebe wohl! Gute Nacht!

Romeo. Rieffe mich nicht Freude über alle Freuden hinweg, wie schmerzlich würde mir dieser schnelle Abschied seyn!

(Sie gehen ab.)

Sechste Scene

Verwandelt sich in Capulets Haus.

Capulet, Lady Capulet und Paris treten auf.

Capulet. Es sind so unglükliche Umstände eingefallen, mein Herr, daß wir keine Zeit gehabt haben, unsrer Tochter zuzureden. Seht ihr, sie liebte ihren Vetter Tybalt gar herzlich, und das that ich auch – – Wohl, wir werden gebohren, um wieder zu sterben – – Es ist sehr spät, sie wird diese Nacht nicht herunter kommen; ich versichre euch, wenn mir eure Gesellschaft nicht so lieb wäre, ich würde schon eine Stunde im Bette seyn.

Paris. Ich bescheide mich gerne, daß diese Trauer-Tage keine Zeit zu Liebes-Bewerbungen sind. Gute Nacht, Gnädige Frau – – Empfehlt mich eurer Tochter – –

Lady Capulet. Ich will, und morgen früh nachforschen, wie sie gesinnt ist – – Für diese Nacht ist sie zu ihrer Traurigkeit eingeschlossen.

Capulet. Signor Paris, ich getrau es auf mich zu nehmen, euch meines Kindes Liebe zu versprechen: Ich denke, sie wird sich in allen Stüken von mir regieren lassen – – nichts weiter, ich zweifle gar nicht, Frau, geh du noch zu ihr, eh du zu Bette gehst, gieb ihr Nachricht von Signor Paris Liebe, und sag ihr, hörst du, bis nächsten Mittwoch – – aber sachte – – was ist heut für ein Tag? – –

Paris. Montag, Gnädiger Herr.

Capulet. Montag? Ha, ha, gut, Mittwoch ist zu bald, laßt es den Donnerstag seyn; nächsten Donnerstag, sag ihr, soll sie mit diesem edeln Grafen vermählt werden – – Wollt ihr bisdahin fertig seyn? Seyd ihr mit dieser Eilfertigkeit zufrieden? – – wir wollen kein grosses Wesen nicht machen – – Einen oder zween Freunde – – Denn, seht ihr, da Tybalt so kürzlich erst ermordet worden, so würde es so herauskommen, als ob wir wenig Antheil an seinem Unfall nähmen, wenn wir grosse Freuden-Bezeugungen anstellen wollten – – Deßwegen wollen wir etwann ein halb Duzend Freunde haben, und damit ist's aus. Aber was sagt ihr zum Donnerstag?

Paris. Gnädiger Herr, ich wollte der Donnerstag wäre Morgen.

Capulet. Gut, gut, geht izt zu Bette – – auf Donnerstag sey es also – – *(Zu Lady Capulet.)* Du, geh zu Julietten eh du zu Bette gehst, Weib – – Bereite sie auf ihren Hochzeit-Tag vor. Lebt wohl, Graf – – Licht in mein Zimmer, he! – – Geht zu, geht zu, es ist schon so spät, daß wir's bald früh heissen dürften. Gute Nacht – –

(Sie gehen ab.)

Siebende Scene

Juliettens Zimmer, von der Garten-Seite.

Romeo und Juliette, oben an einem Fenster; woran eine Strik-Leiter befestigt ist.

Juliette. Willt du schon gehen? Es ist noch lange bis zum Tag: Es war die Nachtigall und nicht die Lerche, die dich vorhin erschrekte – – sie pflegt alle Nacht auf jenem Granatbaum zu singen; glaube mir, mein Herz, es war die Nachtigall.

Romeo. Es war die Lerche, die Heroldin des Morgens, nicht die Nachtigall. Siehst du, meine Liebe, die neidischen Streiffen, die dort im Osten die sich scheidenden Wolken umwinden: Die Kerzen der Nacht sind abgebrannt, und der fröliche Tag gukt auf den Zehen stehend über die Spizen der neblichten Berge. Ich muß gehen und leben, oder bleiben und sterben.

Juliette. Jenes Licht ist nicht Tag-Licht, glaube mir's, es ist irgend ein Meteor, das die Sonne ausdünstet, um in dieser Nacht deine Reise nach Mantua zu beleuchten; bleibe noch ein wenig, du sollst nicht so früh gehen.

Romeo. Laß mich ergriffen, laß mich zum Tod verurtheilt werden; ich bin zufrieden, wenn du es haben willst. Ich will sagen, jenes Grau sey nicht des Morgens Auge, sondern nur der blasse Gegenschein von Cynthia's Stirne; und es sey nicht die Lerche, deren Noten so hoch über unserm Haupte zu den himmlischen Gewölben hinauftönen. Nichts als die Sorge um unsre Sicherheit kan mich aus deinen Armen reissen; aber Juliette will's, und der Tod soll mir willkommen seyn. Wie ists, meine Seele? Laß uns schwazen, es ist noch nicht Tag.

Juliette. Es ist, es ist; verlaß mich, fliehe, mein Geliebter; es ist die Lerche, die so tonloß singt, ihr mißlautendes, unangenehm-scharfes Gurgeln ruft dich weg – – O gehe, gehe, es wird immer heller und heller.

Romeo. Sage, immer finstrer und finstrer, da ich in wenigen Augenbliken dich nicht mehr sehen werde.

Die Amme kommt herein.

Amme. Gnädige Frau – –

Juliette. Amme?

Amme. Euer Gnaden Frau Mutter ist im Begriff heraufzukommen: Der Tag bricht an, nehmt euch in Acht, seht euch vor – –

(ab.)

Juliette. So muß ich dann von meinem Leben scheiden? – –

Romeo. Lebe wohl, lebe wohl; noch einen Kuß, und ich will gehen.

(Romeo steigt aus dem Fenster herab.)

Juliette. Und gehst du dann so? O mein Liebster, mein Herr, mein Gemahl, mein Freund! Ich muß alle Tage Nachricht von dir haben, alle Stunden, denn in einer Minute ohne dich sind viele Tage. Ach! nach dieser Rechnung werd' ich alt seyn, eh ich meinen Romeo wieder sehe.

Romeo. Lebe wohl, meine Liebe: ich will keine Gelegenheit versäumen, wodurch ich dir meinen Gruß übermachen kan.

Juliette. Ach, denkst du, wir werden uns jemals wieder sehen?

Romeo. Zweifle nicht; es wird eine Zeit kommen, wo alle diese Wiederwärtigkeiten uns zum Stoff angenehmer Gespräche dienen werden.

Juliette. O Gott! ich hab' eine Unglük-weissagende Seele – – Mich dünkt, ich seh dich, da ich so auf dich hinunter schaue, wie einen, der todt in seinem Grabe ligt. Entweder werden meine Augen düster, oder du siehst bleich – –

Romeo. Glaube mir, Liebe, du kommst mir eben so vor; der Kummer trinkt das Blut in unsern Wangen auf – – Lebe wohl, lebe wohl! – –

(Romeo geht ab.)

Achte Scene

Juliette. O Glük, Glük, alle Leute nennen dich unbeständig; wenn du unbeständig bist, was thust du mit dem, dessen Treue du kennen solltest? Doch, sey immerhin unbeständig, denn so hab ich Hoffnung, daß du ihn nicht lange behalten, sondern mir bald zurückschiken wirst.

Lady Capulet tritt auf.

Lady. Wie, Tochter, seyd ihr schon auf?

Juliette. Wer ist da, wer ruft? Ist es meine Gnädige Mamma? Was für eine ungewöhnliche Ursache führt sie so früh hieher?

Lady. Wie, Juliette, wie steht's um dich?

Juliette. Ich bin nicht wohl, Gnädige Frau.

Lady. Immer noch in Thränen um deines Vetters Tod? Wie, hofst du ihn mit deinen Thränen aus seinem Grab herauszuwaschen? Wenn du es auch könntest, so könntest du ihn doch nicht wieder lebendig machen. Gieb dich also einmal zufrieden. Ein gemässigter Schmerz ist ein Beweis der Liebe; aber zuviel Schmerz beweist allemal zu wenig Verstand.

Juliette. Ich kan einen so empfindlichen Verlust nicht zuviel beweinen.

Lady. Auf diese Art verewigst du das Gefühl deines Verlusts, und kanst doch den Freund nicht zurük bringen, dessen Verlust du beweinst.

Juliette. So wie ich den Verlust meines Freundes fühle, kan ich nicht anders als ihn immer beweinen.

Lady. Gut, Mädchen, du weinst nicht so sehr um seinen Tod, als daß der Bösewicht lebt, der ihn ermordet hat.

Juliette. Was für ein Bösewicht, Gnädige Frau?

Lady. Was für ein andrer als Romeo?

Juliette *(leise.)*
Bösewicht, und er, sind manche Meilen von einander. *(laut.)* Gott verzeih' ihm! Ich thue es von ganzem Herzen – – Und doch ist niemand der meinem Herzen empfindlichere Schmerzen verursacht als er.

Lady. Du meynst, weil der Verräther lebt – –

Juliette. Ich, gnädige Frau, – – *(leise.)* Ohne daß ihn diese meine Arme erreichen können – – *(laut.)* Ich wollte nichts, als daß ich allein meines Vetters Tod rächen dürfte.

Lady. Wir wollen uns Rache verschaffen, sey du unbekümmert; höre nur auf zu weinen. Ich will jemand nach Mantua, wo der verbannte Renegat sich aufhält, senden, der ihn bald genug dem Tybalt nachschiken soll; und dann, hoff ich, wirst du doch zufrieden seyn.

Juliette. In der That, Gnädige Frau, ich werde nie mit Romeo zufrieden seyn, ich seh' ihn dann – – todt – – ist mein armes Herz für meinen unglüklichen Freund. Gnädige Frau, wenn ihr mir nur einen Mann finden könnt, der ihm einen Gift-Trank bringen wollte, ich wollte ihn so mischen, daß Romeo, sobald er ihn eingenommen hätte, im Frieden schlafen sollte – – O! wie mein Herz es verabscheut, daß ich ihn nennen höre – – und nicht zu ihm kommen kan – – um die Liebe, die ich zu meinem ermordeten Vetter trug, an der Person desjenigen auszulassen, der ihn ermordet hat.

Lady. Finde du nur das Mittel aus, und laß du mich für den Mann sorgen. Aber nun will ich dir eine angenehme Zeitung sagen, Mädchen.

Juliette. Sie kommt sehr zu gelegner Zeit, wenn sie angenehm ist. Und worinn besteht sie dann, wenn ich Euer Gnaden bitten darf?

Lady. Gut, gut, du hast einen sorgfältigen Vater, Kind; der, um dich von deiner Schwermuth zu befreyen, einen unverhoften Freuden-Tag angeordnet hat, an den keine von uns beyden dachte.

Juliette. Und darf man fragen, was für ein Tag das ist, Gnädige Frau?

Lady. Den nächsten Donnerstag, mein Kind, früh Morgens wird der junge, edle, liebenswürdige Graf Paris in St. Peters Kirche dich zu einer glüklichen Braut machen.

Juliette. Nun, bey St. Peters Kirch, und bey St. Peter selbst, das soll er nicht. Ich bin sehr verwundert, daß ich mit so grosser Eilfertigkeit vermählt werden soll, eh mein bestimmter Gemahl sich die mindeste Mühe um mich gegeben hat. Ich bitte Eu. Gnaden, sagt meinem Herrn und Vater, daß ich noch nicht heurathen will; und wenn ichs thue, so soll es eher Romeo seyn, den ich hasse, wie ihr wißt, als Paris – – das sind neue Zeitungen, in der That!

Lady. Hier kommt euer Vater, sagt ihm das selbst, und seht wie wohl ers von euch aufnehmen wird.

Capulet und Amme zu den Vorigen.

Capulet. Nun, wie gehts? was machst du, Mädchen? Wie, immer noch Thränen? Immer regnerisch? Du stellst in deiner einzigen kleinen Person ein Schiff, die See und den Wind vor; deine Augen, die eine immer abwechselnde Ebbe und Fluth von Thränen machen, sind die See; dein Leib ist das Schiff das in dieser salzichten See dahersegelt; und die Winde deine Seufzer, die, mit deinen Thränen in die Wette rasend, wenn nicht eine plözliche Stille erfolgt, deinen vom Sturm herumgewälzten Leib endlich untergehen machen werden – – Was ist's, Frau? Habt ihr dem Mädchen unsern Entschluß bekannt gemacht?

Lady. Ja, mein Herr; aber sie will nichts davon hören, sie bedankt sich davor; ich wollte, die Närrin wäre mit ihrem Grabe verheurathet.

Capulet. Sachte, nehmt mich mit, Frau, nehmt mich mit euch. Wie, sie will nichts davon hören? Sie dankt uns nicht davor? Sie ist nicht stolz darauf, sie schäzt sich nicht glüklich so unwürdig als sie ist, daß wir ihr einen so würdigen Edelmann zum Bräutigam auserkohren haben?

Juliette. Nicht stolz darauf, daß ihr es gethan habt, aber doch dankbar; stolz kan ich nicht seyn auf etwas das ich hasse, aber dankbar, selbst für etwas Böses das eure Liebe gut gemeynt hat.

Capulet. Wie, was, wie, Distinctionen-Macherin? Was soll das bedeuten? Stolz! und ich dank euch! und ich dank euch nicht! und doch nicht stolz! – – Wie, Fräulein Wunderlich, Ihr, schwazt mir nichts von Dank und Stolz und Unstolz und Undank daher, sondern legt eure schönsten Kleider auf Donnerstag Morgen zurechte, um mit Paris zur St. Peters Kirche zu gehen, oder ich will dich auf einer Schleiffe hinziehen lassen. Aus meinem Gesicht, du bleichsüchtiges Raben-Aas! Fort, du Sausödel! du Talk-Gesicht!

Lady Capulet. Fy, fy, wie, seyd ihr toll?

Juliette. Liebster Herr Vater, ich bitte euch auf meinen Knien, hört mich nur ein einziges Wort mit Geduld an.

Capulet. An den Galgen, du junge Meze! Ungehorsame, leichtfertige Creatur! Ich will dir was sagen, geh mir auf den Donnerstag in die Kirche, oder komm mir nimmer vor mein Angesicht. Sag nichts, replicier nicht, antworte mir nichts; meine Finger juken mir. Weib, wir hielten uns kaum für glüklich, weil uns Gott nur dieses einzige Kind gegeben hatte; aber nun seh ich, daß dieses einzige zuviel ist, und daß wir sie zu einem Fluch bekommen haben – – Aus meinem Gesicht, Bastart!

Amme. Gott im Himmel segne sie! Ihr habt unrecht, Gnädiger Herr, daß ihr so hart mit ihr verfahrt.

Capulet. Und wie, My Lady Weisheit? Haltet ihr euer Maul, und schnattert mit euern Gevattrinnen – – pakt euch – –

Amme. Ich rede nichts unrechtes; – – O, Gott gebe euch einen guten Tag – – Darf eins nicht mehr reden?

Capulet. Still, still, ihr murmelnde Närrin, spielt eure Gravität wenn ihr mit euern Gevatterinnen zecht; hier haben wir ihrer nicht vonnöthen.

Lady. Ihr seyd zu hizig.

Capulet. Wie, Sakerlot! Soll einen das nicht wild machen? Tag und Nacht, früh und spat, daheim und ausser dem Haus, allein und in Gesellschaft, wachend und schlafend ist immer meine einzige Sorge gewesen, wie ich sie wohl verheurathen wolle: und izt, da ich einen wakern jungen Edelmann, von schönen Mitteln, von der ansehnlichsten Verwandtschaft, für sie gefunden habe; der, wie alle Leute sagen, Verdienste hat; kurz einen Mann, wie man sich einen wünschen mag, soll ich eine heillose alberne Tröpfin, ein pinselndes Püpchen haben, die, wenn das Glük sie anlacht, antwortet: Ich will noch nicht heurathen – – Ich kan nicht lieben – – Ich bin noch zu jung – – ich bitte um Vergebung – – Gut, wenn ihr nicht heurathen wollt, so will ich euch vergeben; graßt wo ihr wollt, aber mit mir sollt ihr nicht in einem Hause leben; Ueberlegts, denkt ihm nach, es ist mein Brauch nicht, zu spassen. Es ist nicht mehr lange bis Donnerstag; leg die Hand auf dein Herz, bedenk dich; wenn du mein bist, so will ich dich meinem Freunde geben; und bist du's nicht, so häng dich, bettle, verhungre, stirb auf der Strasse; bey meiner Seele, ich will dich nicht für mein Kind erkennen, und du sollst von dem meinigen nicht soviel bekommen, als du auf der Zunge spüren könntest – Verlaß dich drauf, und bedenk dich, ich werde meinen Eyd gewiß nicht brechen.

(Er geht ab.)

Juliette. Ist denn hier kein mitleidiges Wesen, in den Wolken sizend, das in den Grund meines Schmerzens hinabschaut? – – O meine liebste Mutter, werft mich nicht hinweg, verschiebt diese Heurath nur einen Monat – – nur eine Woche; oder, wenn ihr nicht wollt, so macht mein Braut-Bette in das düstre Begräbniß, wo Tybalt ligt.

Lady Capulet. Wende dich nicht an mich, ich will kein Wort reden: Thu, was du willst, ich habe dir nichts mehr zu sagen.

(Sie geht ab.)

Juliette. O Gott! O Amme, wie kan diesem vorgebaut werden? Mein Gemahl ist auf Erden; meine Treue im Himmel; wie kan diese Treue wieder zurük kommen, wenn nicht mein Gemahl sie mir zurükschikt, indem er die Erde verläßt? – – Tröste mich, gieb mir einen Rath. O Jammer, Jammer, daß der Himmel so hart, so streng mit einem so sanften Geschöpf als ich bin, verfahren soll! Was sagst du? Hast du kein einziges tröstliches Wörtchen? Nur einen kleinen Trost, Amme! – –

Amme. Ey ja, und hier ist er; Romeo ist verbannt: Ich wette die ganze Welt gegen nichts, daß er das Herz nicht hat, zurük zu kommen, und Anspruch an euch zu machen; oder wenn ers thun wollte, so müßt er's doch nur heimlich thun. Weil also die Umstände so beschaffen sind, so wäre das beste, däucht mich, ihr nähmet den Grafen. Oh, er ist ein liebenswürdiger junger Herr! Romeo ist nur ein Feg-Lumpen gegen ihn; ein Adler hat kein so scharfes, so munteres, so schönes Aug als Paris hat. Ich will nicht ehrlich seyn, wenn diese andre Partie nicht besser ist als die erste; und wenn es auch nicht wäre, so ist ja euer erster Mann gestorben, oder so viel als gestorben, da er fern von hier lebt, und euch zu nichts gut ist.

Juliette. Redst du aus deinem Herzen?

Amme. Und aus meiner Seele dazu, oder ich will beyde verlohren haben!

Juliette. Amen.

Amme. Was?

Juliette. Gut; du hast mir einen vortrefflichen Trost gegeben; geh hinein, und sag der Gnädigen Frau, weil ich meinen Vater erzürnt habe, so sey ich in Bruder Lorenzens Celle gegangen, um meine Beicht abzulegen, und den Ablaß zu empfangen.

Amme. Meiner Six, das will ich; und es ist auch wohl gethan.

(Sie geht ab.)

Juliette. Alte Todsünde! böser verführischer Teufel! Es ist wol eine grössere Sünde von dir, daß du mich treubrüchig machen willst, und daß du meinen Gemahl mit eben dieser Zunge lästerst, mit der du ihn so viel tausendmal über alles erhoben hast? Geh, Rathgeberin – – du und mein Busen sollen von nun an keine Gemeinschaft mehr mit einander haben: Ich will zu dem Pater, um zu hören, ob er mir zu helfen weiß; und fehlt alles andre, so hab ich Muth zum Sterben.

(Sie geht ab.)

Vierter Aufzug

Erste Scene

Das Kloster.

Bruder Lorenz und Paris treten auf.

Bruder Lorenz. Auf den Donnerstag, Gnädiger Herr! Die Zeit ist sehr kurz.

Paris. Mein Vater Capulet will es so haben, und seine Eilfertigkeit stimmt zu sehr mit meinen Wünschen überein, als daß ich sie aufzuhalten gedenken könnte.

Bruder Lorenz. Ihr gesteht doch, daß ihr die Gesinnungen der jungen Dame noch nicht wißt – – Diese Sache geht nicht wie sie gehen soll; es gefällt mir gar nicht.

Paris. Sie überläßt sich einer ganz unmässigen Traurigkeit über Tybalts Tod, und das war die Ursache, warum ich ihr noch wenig von Liebe sagen konnte; denn Venus lächelt nicht in einem Trauer-Hause. Nun hält es ihr Vater für gefährlich, daß sie ihrem Kummer so viel Plaz geben solle, und beschleuniget unsre Vermählung, in der Absicht, dem Lauf ihrer Thränen dadurch Einhalt zu thun; allein und sich selbst überlassen, findet sie eine Art von Ergözung darinn, eine Traurigkeit zu nähren, von der nichts als die Gesellschaft sie zerstreuen kan. Begreift ihr nun die Ursache dieser Eilfertigkeit?

Bruder Lorenz *(bey Seite.)*
Ich wollt', ich wißte nicht, warum ihr Einhalt gethan werden muß – – Seht, Gnädiger Herr, hier kommt das Fräulein gegen meine Celle her.

Juliette zu den Vorigen.

Paris. Willkommen, meine Liebe, meine Gebieterin, und mein Weib.

Juliette. Das erste mag alsdann seyn, wenn das lezte seyn kan.

Paris. Das wird, das muß nächsten Donnerstag seyn, meine Liebe.

Juliette. Was seyn muß, das wird seyn.

Bruder Lorenz. Das ist ein Text, über den kein Streit seyn kan.

Paris. Kommt ihr, diesem Vater zu beichten?

Juliette. Wenn ich diese Frage beantwortete, so würd' ich euch beichten.

Paris. Läugnet ihm wenigstens nicht, daß ihr mich liebet.

Juliette. Ich will euch hiemit gebeichtet haben, daß ich ihn liebe.

Paris. Das will ich auch; ich bin gewiß, daß ihr mich liebt.

Juliette. Wenn ich das thue, so würd' es von grösserm Werth seyn, es hinter euerm Rüken, als es euch ins Gesicht zu sagen.

Paris. Arme Seele, dein Gesicht ist ganz von Thränen entstellt.

Juliette. Die Thränen haben nur einen kleinen Sieg dadurch erhalten, denn es war vorhin schon schlecht genug.

Paris. Du thust ihm mehr Unrecht, mein Kind, indem du das sagst, als alle deine Thränen.

Juliette. Was die blosse Wahrheit ist, mein Herr, ist keine Verläumdung; und was ich da sagte, sagt' ich zu meinem Gesicht.

Paris. Dein Gesicht ist mein, und du hast es verleumdet.

Juliette. Es mag seyn, denn mein ist es in der That nicht – – Ist es euch izt gelegen, heiliger Vater, oder soll ich nach der Vesper wieder kommen?

Bruder Lorenz. Ich habe izt Musse, meine Gedanken-volle Tochter. Gnädiger Herr, mit eurer Erlaubniß – –

Paris. Gott verhüte, daß ich eure Andacht stören wolle – – Juliette, nächsten Donnerstag will ich euch früh genug weken – – bis dahin, adieu, mit diesem unschuldigen Kuß.

(Paris geht ab.)

Juliette. Geh, verschließ die Thür, und wenn du's gethan hast, so komm, und weine mit mir – – Mein Elend läßt keine Hoffnung, kein Mittel, keine Rettung übrig.

Bruder Lorenz. O Juliette, ich kenne deine Noth, und es ängstigt mich, daß ich kein Mittel kenne dir zu helfen. Bis nächsten Donnerstag, hör' ich, sollt ihr an diesen Grafen vermählt werden, und nichts kan es hintertreiben.

Juliette. Sage mir nichts davon, daß du das hörst, wenn du mir nicht sagen kanst, wie ich's vermeiden kan. Wenn deine Weisheit dir kein Mittel an die Hand geben kan, so billige du nur meinen Entschluß, und ich will mir auf der Stelle durch diesen Dolch helfen. Gott vereinigte mein Herz und Romeo's; du, unsre Hände; und eh diese Hand, die du meinem Romeo versiegelt hast, eh dieses Herz, das ihn allein für seinen Herrn erkennt, verräthrischer Weise sich einem andern ergeben soll, eh soll dieser Stahl beyden die Bewegung rauben. Suche also in der Wissenschaft, womit die graue Erfahrung eines langen Lebens dich bereichert hat, einen schleunigen Rath; oder gestatte, daß dieses blutige Messer der Schiedrichter zwischen mir und meinem grausamen Schiksal sey – – Antworte mir kurz – – ein jeder Augenblik den ich noch lebe, ist mir verhaßt, wenn das was du mir sagen willst, kein Rettungs-Mittel ist.

Bruder Lorenz. Halt ein, meine Tochter, ich entdeke eine Art von Hoffnung, die von einem eben so verzweifelten Mittel abhängt, als dasjenige ist, was wir vermeiden wollen. Wenn du entschlossen bist dir eher selbst das Leben zu nehmen, als den Grafen Paris zu heurathen, so ist zu vermuthen, du werdest dir kein Bedenken machen etwas zu wagen, das dem Tod ähnlich ist, um einer Schande zu entgehen, der du dich durch den Tod selbst zu entziehen bereit bist. Wofern du also Muth genug dazu hast, will ich dir ein Mittel geben.

Juliette. O, befiehl mir, eher als daß ich mich dem Paris überlasse, von den Zinnen jenes Thurms herabzuspringen, oder feßle mich an die felsichte Spize eines steilen Gebürgs, wo heulende Bären und Grimm-volle Löwen schwärmen – – Oder schließ mich eine ganze Nacht durch in ein Beinhaus ein, bis an den Hals, mit morschen Todten-Knochen, dürren Schien-Beinen, und kahlen gelben Schädeln bedekt – – oder befiehl mir in ein neugemachtes Grab zu gehen, und mich zu einem Todten unter sein Leichen-Tuch zu verbergen – – Dinge, wovon der blosse Gedanke mich zittern macht – – befiehl mir's, und ich will es ohne Zögern thun, um meinem Geliebten eine unbeflekte Treue zu erhalten.

Bruder Lorenz. Wolan dann, so geh heim, sey aufgeräumt, und thu, als ob du in deine Vermählung mit dem Paris einwilligest; morgen ist Mittwoch; morgen Nachts siehe, daß du dich von deiner Amme erledigest, und allein ligen könnest; und wann du dann in deinem Bette bist, so nimm diese Phiole, und trinke sie rein aus, so wird augenbliklich ein erkältender einschläfernder Dunst durch alle deine Adern lauffen, und jeden deiner Lebens-Geister binden; der Kreislauf deines Bluts wird stillstehen, keine Wärme, kein Athem wird verrathen, daß du noch lebest; die Rosen auf deinen Lippen und Wangen werden zu aschfarber Blässe verwelken; deine Auglieder sich schliessen, als ob der Tod selbst sie vorm Licht des Tages verriegelt hätte; jeder Theil, seiner elastischen Biegsamkeit beraubt, wird steif, kalt und starr seyn; und in dieser anscheinenden Todes-Gestalt wirst du zwo und vierzig Stunden verharren, und dann wie aus einem süssen Schlaf erwachen. Wenn nun der Bräutigam des Morgens kommt, dich aufzuweken, so bist du todt, und wirst dann, nach dem Gebrauch unsers Landes, in deinem schönsten Anzug in eine Baare ohne Dekel gelegt, und in das Begräbniß deiner Familie gebracht – – in eben diese alte Gruft, wo alle Abkömmlinge der Capulets ligen. In der Zwischen-Zeit bis du erwachst, will ich durch Briefe den Romeo von unserm Anschlag benachrichtigen, und ihn hieher beruffen; er und ich wollen dein Erwachen abwarten, und in der nemlichen Nacht soll Romeo dich von hier nach Mantua bringen. Hier hast du das Mittel, das dich von der vorschwebenden Schande, die du fürchtest, retten kan, wenn du frey genug von weibischer Zagheit bist, es mit Entschlossenheit zu gebrauchen.

Juliette. Gieb mirs, o, gieb mir's, sag mir nichts von Furcht.

(Sie nimmt die Phiole.)

Bruder Lorenz. Gut, geh izt, und bleibe standhaft bey diesem Entschluß; ich will eilends einen vertrauten Ordensmann mit Briefen an deinen Gemahl nach Mantua senden.

Juliette. Liebe, gieb mir Stärke, und Stärke wird mir Hülfe geben – – Lebet wohl, mein theurer Vater! – –

(Sie gehen ab.)

Zweyte Scene

Verwandelt sich in Capulets Haus.

Capulet, Lady Capulet, Amme, und zween oder drey Bediente treten auf.

Capulet. Lade alle Gäste ein, deren Namen auf diesem Papier sind – – Du, geh und bestelle mir zwanzig gute Köche.

Bedienter. Ihr sollt keinen schlechten kriegen, Gnädiger Herr, denn ich will probieren, ob sie ihre Finger leken können.

Capulet. Wie willst du das probieren?

Bedienter. Sapperment, Gnädiger Herr, das muß ein schlechter Koch seyn, der seine eigne Finger nicht leken kan; wenn also einer seine Finger nicht leken kan, so soll er daheim bleiben.

Capulet. Geh, geh – – Wir werden schlecht genug auf einen solchen Anlaß versehen seyn – – He? ist meine Tochter zu Bruder Lorenzen gegangen?

Amme. Ja, wahrlich.

Capulet. Gut; vielleicht kan er etwas gutes bey ihr ausrichten: die unartige, eigensinnige Beze, die sie ist!

Juliette zu den Vorigen.

Amme. Seht, da kommt sie von der Beichte; sie sieht ganz frölich aus – –

Capulet. Was giebts, Starr-Kopf? Wo seyd ihr herumgeschwärmt?

Juliette. Ich war an einem Ort, wo ich die Sünde des Ungehorsams gegen euch und eure Befehle bereuen lernte, und wo mir auferlegt wurde, auf meine Knie zu fallen und euch um Vergebung zu bitten – – Vergebet mir also, ich bitte euch; von nun an soll euer Wille allezeit meine Richtschnur seyn.

Capulet. Schikt nach dem Grafen, geht, sagt ihm das; ich will diesen Knoten gleich morgen zusammengeknüpft haben.

Juliette. Ich traf ihn in Bruder Lorenzens Celle an, und begegnete ihm so freundlich als ich konnte, ohne die Grenzen der Anständigkeit zu überschreiten.

Capulet. Gut, das hör' ich gerne, es ist gut, steh auf; es ist wie es seyn soll; ich muß den Grafen sehen – – He, zum Henker, geht, sag' ich, und holt ihn her – – Nun, bey Gott, dieser Pater ist in der That ein ehrwürdiger heiliger Mann, und ein Mann, dem unsre ganze Stadt viel zu danken hat.

Juliette. Amme, wollt ihr mit mir in mein Zimmer gehen, und mir den Puz aussuchen helfen, den ihr auf den morgenden Tag schiklich findet?

Lady Capulet. Es ist noch Zeit genug bis Donnerstag.

Capulet. Geh, Amme, geh mit ihr; morgen soll die Ceremonie vor sich gehen.

(Juliette und Amme gehen ab.)

Lady Capulet. Aber wo sollen wir auf diese Weise Zeit zu den Vorbereitungen hernehmen? Es ist schon beynahe Nacht.

Capulet. Still, ich will selbst ausgehen, und es soll für alles gesorgt werden, Frau, ich stehe dir davor. Geh du zu Julietten, hilf sie aufpuzen; ich will heute nicht zu Bette gehen, laß mich allein: Ich will einmal in meinem Leben die Hausmutter vorstellen – – he! holla! – – Sie sind alle fort; gut, ich will selbst zu Graf Paris gehen, damit er sich auf morgen gefaßt mache. Es ist mir recht leicht um's Herz, seitdem sich das Hexen-Mädchen so zum Ziel gelegt hat.

(Sie gehen ab.)

Dritte Scene

Juliettens Zimmer.

Juliette und die Amme treten auf.

Juliette. Ja, dieser Anzug ist der beste; aber, liebe Amme, ich bitte, laß mich heute Nacht allein; ich werde einen guten Theil davon mit beten zubringen, um den Himmel zu bewegen, daß er mein Vorhaben begünstige – – Du kennst meine sündhaften Umstände, und weißst also wol, daß ichs nöthig habe.

Lady Capulet zu den Vorigen.

Lady. Wie, so geschäftig? Kan ich euch was helfen?

Juliette. Nein, Gnädige Mamma, wir haben alles zusammengesucht, was wir auf unsern morgenden Umstand nöthig haben können; wenn ihr's erlauben wolltet, so wünscht' ich izt allein gelassen zu werden, und daß ihr die Amme bey euch aufbleiben liesset; denn ich bin gewiß, daß ihr bey diesem unverhoften Vorfall alle Hände voll zu thun haben werdet.

Lady Capulet. Gute Nacht, geh du zu Bette und schlafe; du hast es vonnöthen.

(Lady Capulet und Amme gehen ab.)

Juliette. Gute Nacht – – Gott weiß, wenn wir uns wieder sehen werden! – – Ich weiß nicht was für ein kalter schrekhafter Schauer durch meine Adern fährt – – Ich will sie zurükruffen, daß sie mir einen Muth einsprechen – – Amme! – – Aber was soll sie hier? Ich muß meine schrekenvolle Scene nothwendig allein spielen – – Komm, Phiole – – Wie wenn diese Tinctur keine Würkung thäte? Soll ich mich dann mit Gewalt an den Grafen verheurathen lassen? Nein, nein, diß soll es verwehren – – Lig' du hier – – *(Sie weißt auf einen Dolch.)* Wie, wenn es ein Gift wäre, das mir der Pater auf eine feine Art beybringen will, um mich aus dem Wege zu schaffen, aus Furcht seine Ehre möchte unter dieser Heurath leiden, da er mich schon vorher mit dem Romeo getrauet hat? Ich fürcht', es ist so, und doch, däucht mich, kan es nicht seyn, denn er ist immer als ein heiliger Mann befunden worden. Wie, wenn ich, nachdem man mich in die Gruft geleget, eher erwache als Romeo gekommen ist, mich abzuholen? Das ist ein fürchterlicher Umstand: Werd ich nicht in diesem Gewölbe, dessen fauler Mund keine gesunde Luft einathmet, von dem verpesteten Schwall erstikt werden, eh mein Romeo kommt? Und wenn ich auch lebe, ist es nicht ganz natürlich, daß die grauenvolle Scene von Tod und Nacht, die Vorstellung des Orts, wo ich bin – – in diesem uralten Gewölbe, wo seit so vielen hundert Jahren die Gebeine aller meiner Vorfahren zusammengehäuft ligen – – wo der blutige Tybalt in gähnender Verwesung in seinen Grabtüchern ligt – – wo, wie man sagt, zu gewissen Stunden in der Nacht Geister gehen – – O! Himmel, ist es nicht wahrscheinlich, daß die scheuslichen Ausdünstungen, das gräßliche Geheul der Gespenster, (gleich den Alraunen, wenn sie aus der Erde gerissen werden,) Töne, von deren Anhören lebende Menschen den Verstand verliehren – – mich vor der Zeit erweken werden; oder wenn ich erwache, werd' ich von allen diesen Schreknissen umringt, von Sinnen kommen, wahnwiziger Weise mit meiner Voreltern Gebeinen spielen, den halbverfaulten Tybalt aus seinen Tüchern reissen, und in dieser Raserey, mit den Knochen irgend eines grossen Ahnherrn, wie mit einer Keule, mir mein verzweifelndes Gehirn ausschlagen? – – O! Sieh, mich däucht ich sehe meines Vetters Geist, der diesen Romeo bey mir sucht, seinen Mörder! und meinen Gemahl! – – Halt, Tybalt, halt! Romeo, ich komme! Diß trink ich dir zu.

(Sie trinkt die Phiole aus, und wirft sich auf ihr Bette.)

Vierte Scene

Ein Vorsaal in Capulets Hause.

Lady Capulet und die Amme treten auf.

Lady Capulet. Warte, nimm diese Schlüssel, und hole mehr Gewürz, Amme.

Amme. Sie ruffen um Datteln und Quitten in die Tarte?

Capulet zu den Vorigen.

Capulet. Auf, munter, hurtig, regt euch, der Hahn hat schon zum andern mal gekräht, die Morgen-Gloke ist schon geläutet worden, es ist drey Uhr – – Sieh zu dem Bakwerk, gute Angelica – – Spar't nur nichts an den Sachen – –

Amme. Geht, geht, und mengt euch nicht in Weiber-Sachen – – geht in euer Bett, ihr werdet morgen krank dafür seyn, daß ihr diese Nacht nicht geschlaffen habt.

Capulet. Nein, nichts weniger – – was? Ich denke wol der Zeit, da ich ganze Nächte durch um einer schlechtern Ursache willen gewacht habe, und bin nie krank geworden.

Lady. Ja, ja, ihr seyd ein feiner Mäuse-Jäger in eurer Jugend gewesen – – aber heutigs Tags will ich euch schon bewachen, daß ihr nicht so wachen sollt.

(Lady Capulet und Amme gehen ab.)

Capulet. Eifersucht, pure Eifersucht! Nun, Bursche, was giebt's hier zu thun?

Drey oder viere mit Bratspiessen, Körben, Holz, u. s. w. treten auf.

Bedienter. Sachen für den Koch, Gnädiger Herr, aber ich weiß nicht was.

Capulet. Macht hurtig, macht hurtig; Schurke, hole trokneres Holz, ruf dem Peter, er wird dir weisen wo es ligt.

Bedienter. Gnädiger Herr, um Klöze zu finden, hab' ich selber Kopfs genug, ich brauche keinen Peter dazu.

Capulet. Sakerlot! wol gegeben, – – du hast Wiz, Bursche, ha, ha – – Aber bey meiner Treue, es ist schon Tag – – *(Man hört Musik von Ferne.)* Der Graf wird bald mit Musicanten hier seyn – – er hat es versprochen – – Ich hör ihn schon kommen. Amme – – Frau – – wie, holla, he! Amme, sag ich!

Die Amme kommt.

Geh, weke Julietten, geh und puze sie auf, ich will gehn und indeß mit Paris schwazen: Fort, mach hurtig, mach hurtig, der Bräutigam ist schon da – – Mach hurtig, sag ich – –

(Sie gehen ab.)

Fünfte Scene

Verwandelt sich in Juliettens Schlaf-Zimmer; Juliette ligt auf dem Bette.

Die Amme tritt wieder auf.

Amme. Gnädiges Fräulein he! Fräulein! Juliette Das heißt geschlaffen, das gesteh ich – – he, Däubchen – – he, Fräulein – – fy, ihr Sieben-Schläferin – – he! Liebchen, sag ich – – Fräulein – – Herzchen – – Braut – – wie? nicht ein Wort? Ich seh, ihr nehmt für eure drey Pfenninge zum Voraus; ihr schlaft vor die ganze Woche; gut, in der nächsten Nacht, da bin ich gut dafür, wird Graf Paris Mann dafür seyn, daß ihr wenig genug schlafen sollt – – Gott verzeih mir's – – heilige Marie! und Amen! – – was für einen gesunden Schlaf sie hat! Ich muß sie aufschreyen – – Fräulein, Fräulein, Fräulein – – Nun, wahrlich, laßt nur den Grafen euch in sein Bette kriegen, er wird euch aufrütteln, mein Treu – – Kan's denn nicht seyn? Wie, angezogen, in euern Kleidern – – und wieder zurük! – – Ich muß Ernst brauchen – – Fräulein, Fräulein, Fräulein – – O Gott! o Gott! helft, helft, helft! Mein Fräulein ist todt! O Herzenleid! O! warum mußt ich gebohren werden! – – O, einen Schluk Aquavit – – he! – – Gnädiger Herr! Gnädige Frau!

Lady Capulet.

Lady Capulet. Was ist hier für ein Geschrey?

Amme. O unglükseliger Tag!

Lady Capulet. Was ist's, was ist's?

Amme. Da seht – – O unglüklicher Tag!

Lady Capulet. O Gott, o Gott! mein Kind, mein einziges Leben! leb wieder auf, sieh mich an, oder laß mich mit dir sterben. Hülfe, Hülfe! schrey um Hülfe!

Capulet zu den Vorigen.

Capulet. Schämt euch doch, warum bringt ihr Julietten so lange nicht; ihr Gemahl ist gekommen.

Amme. Sie ist todt, gestorben ist sie, sie ist todt: O! daß es Gott erbarme!

Capulet. Ha! laßt mich sehen – – O Himmel! es ist aus, sie ist kalt, ihr Blut ist gestockt und ihre Gelenke sind starr – – ihre Lippen sind ohne Leben, der Tod ligt auf ihr, wie ein frühzeitiger Frost auf der angenehmsten Blume des ganzen Gefildes. Verfluchter Unfall! Unglükseliger alter Mann!

Amme. O des kläglichen Hochzeit-Tags!

Lady Capulet. Arme trostlose Mutter!

Capulet. Der Tod, der mir die Freude meines Alters geraubt hat, bindet meine Zunge, und will mich nicht reden lassen.

Bruder Lorenz und Paris mit Musicanten.

Bruder Lorenz. Kommt, ist die Braut fertig zum Kirchgang?

Capulet. Zum Kirchgang, aber nicht zur Heimholung. O Sohn, in der Nacht vor deinem Hochzeit-Tag ist der Tod bey deinem Weibe gelegen. Sieh, hier ligt sie, die holde Blume die sie war, nun von ihm ihres Schmuks beraubt: Der Tod ist mein Tochter-Mann.

Paris. Hab ich so lange mich gesehnt, diesen Morgen zu sehen, und giebt er mir nun einen solchen Anblik?

Lady Capulet. Verfluchter, elender, unseliger, verhaßter Tag! Jammervolleste Stunde, die jemals die Zeit auf ihrer immerwährenden Pilgrimschaft erblikte! Nur ein einziges, ein armes, einziges, liebes, zärtliches Kind; nur ein einziges, das mir zur Freude und zum Trost war, und der unbarmherzige Tod hat es mir weggenommen.

Capulet. Unseliger Zufall! – – Mußte unsre Freude auf eine so meuchelmördrische Art ermordet werden! O mein Kind, mein Kind! Meine Seele, nicht mein Kind, sollst du todt seyn? O Gott, todt! – – Mein Kind ist todt – – alle meine Hoffnungen sinken mit ihm ins Grab.

Bruder Lorenz. Nun, so hemmt doch endlich diesen Ausbruch der Ungeduld und Verzweiflung! Alle diese trostlosen Klagen können euer Weh nicht heilen: Der Himmel und ihr hattet Antheil an diesem liebenswürdigen Mädchen; nun hat der Himmel Alles, und desto besser ist es für sie. Euern Antheil an ihr konntet ihr nicht vor dem Tode bewahren: Aber der Himmel erhält den seinen bey ewigem Leben. Alles was ihr suchtet, war ihre Erhebung – – und ihr weint nun, sie über die Wolken, so hoch als der Himmel selber ist, erhoben zu sehen? Was für eine verkehrte Liebe zu euerm Kind ist das, daß ihr von Sinnen kommen wollt, da ihr seht daß sie glüklich ist! Troknet eure Thränen, umstekt diese schöne Leiche mit Rosmarin, und traget sie, wie es der Gebrauch ist, in ihrem besten Anzug in die Kirche.

Capulet. Alle Zurüstungen, die wir zu unserm Fest gemacht haben, verwandeln sich nun in ein trauervolles Leichen-Gepränge. Unsre musicalischen Instrumente in melancholische Todten-Gloken, unser hochzeitliches Gastmahl in ein schwermüthiges Leichen-Mahl, unsre festlichen Lobgesänge in bange Klaglieder, und unsre hochzeitlichen Blumen-Kränze dienen nun eine Todten-Baare zu schmüken – – O der kläglichen Verwandlung!

Bruder Lorenz. Gnädiger Herr, geht hinein, und ihr, Madam, geht mit ihm, und ihr, Signor Paris; ein jedes bereite sich, diese schöne Leiche zu ihrem Grabe zu begleiten; und hütet euch, durch murrende Ungeduld den über euch schwebenden Zorn des Himmels noch mehr zu reizen.

(Sie gehen ab.)

Sechste Scene

Die Amme und die Musicanten bleiben, wie natürlich, zurük. Die leztern sind so fein, es von sich selbst zu merken, daß sie hier zu nichts mehr nuzen, und die weise Amme sagt es ihnen noch zum Ueberfluß; sie steken also ihre Pfeiffen ein, und wollen gehen. Aber zu grossem Vergnügen der Zuschauer in den obersten Gegenden kommt Peter, und verlangt, daß sie ihm ein lustiges Stükchen aufspielen sollen; dieses giebt dann den Anlaß zu einem kleinen Divertissement von Wortspielen und Spässen im Geschmak des Wiener-Harlequins; einer Abwechslung, die freylich, (wie der sinnreiche Herr von Voltaire weislich bemerkt,) dem Geschmak unsers Autors und seiner Zeitgenossen wenig Ehre macht, aber doch den Vortheil mit sich führt, daß die Zuschauer, (welche ans Ende doch in die Comödie gegangen sind, um sich einen Spaß zu machen,) durch die kläglichen Scenen nicht gar zu sehr gerührt werden.

Fünfter Aufzug

Erste Scene

Mantua.

Romeo tritt auf.

Romeo. Wenn ich den schmeichelnden Eingebungen des Schlafs trauen dürfte, so würden mir meine Träume angenehme Neuigkeiten vorbedeuten. Ein ungewöhnlicher Geist der Frölichkeit erfüllt meinen Busen, und hebt mich mit angenehmen Gedanken über den Boden empor: Ich träumte, meine Geliebte käme und fände mich todt – – (Was für ein seltsames Ding ein Traum ist, daß er todten Leuten doch noch die Erlaubniß giebt zu denken!) – – und hauchte durch ihre Küsse ein solches Leben in meine Lippen, daß ich wieder von den Todten auferstand und ein Kayser wurde. O Himmel! wie süß ist der würkliche Genuß der Liebe, da ihre Schatten schon so reich an Wonne sind!

Balthasar tritt auf.

Neue Zeitungen von Verona – – Wie steht's Balthasar? Bringst du mir Briefe vom Pater? Was macht meine Geliebte? Ist mein Vater wohl? Was macht meine Juliette? Das muß ich noch einmal fragen; denn wenn sie wohl ist, so ist nichts übel.

Balthasar. So ist sie denn wohl und nichts ist übel. Ihr Leichnam schläft in dem Begräbniß der Capulets, und ihr unsterblicher Theil lebt mit Engeln. Ich sah sie in das Gewölb ihrer Familie legen, und nahm sogleich die Post es euch zu berichten. Vergebung, Gnädiger Herr, daß mein Dienst mich nöthigt, euch eine so böse Zeitung zu bringen!

Romeo. Ist es würklich so? – – So biet' ich euch Troz, ihr Sterne! – – Du kennst meine Wohnung, geh, hole mir Dinte und Papier, und bestelle Post-Pferde – – Ich will diese Nacht noch fort.

Balthasar. Um Vergebung, Gnädiger Herr, ich darf euch nicht so verlassen. Eure Blike sind düster und wild, und bedeuten nichts Gutes.

Romeo. Stille! du betrügst dich. Verlaß mich und thu was ich dir sage: Hast du keine Briefe vom Pater an mich?

Balthasar. Nein, gnädiger Herr.

Romeo. Das hat nichts zu bedeuten: geh, und bestelle die Pferde; ich will gleich bey dir seyn.

(Balthasar geht ab.)

Gut, Juliette, heute Nacht will ich bey dir ligen – – Laß sehen, wie machen wir das? Wie schnell findet Unheil den Eingang in ein verzweifelndes Gemüth! – – Ich erinnre mich eines Apothekers, der hier irgend wohnt, und den ich lezthin in einem zerlumpten Kittel, mit überhangenden Augbrauen, Kräuter suchend fand. Ich faßte den Mann ins Auge; seine Blike sahen mager und verhungert aus, Kummer und Elend schien ihn bis auf die Knochen abgenuzt zu haben; in seiner armseligen Bude hieng eine Schildkröte, ein ausgestopfter Alligator, und ein paar andre Häute von mißgeschaffnen Fischen; und rings um auf dem Gestelle stuhnd ein bettelhaftes Gepränge von leeren Büchsen, grünen irdnen Töpfen, Blasen, muffigen Saamen, Resten von Pakfaden, und alte Rosen-Kuchen dünn genug zerstreut, damit es doch etwas gleich sehen sollte. In dem Augenblik da mir dieser armselige Zustand in die Augen fiel, dacht' ich bey mir selbst, wenn izt einer Gift brauchte, dessen Verkauff in Mantua ohne Gnad' am Leben gestraft wird, so lebt hier ein armseliger Tropf, der ihm's zu kauffen gäbe. O! dieser Gedanke war eine Ahnung, daß ich diesen Mann bald selber nöthig haben würde. So viel ich mich erinnere, sollte diß das Haus seyn; weil heut ein Feyertag ist, so ist des Bettlers Bude geschlossen. Holla! he! Apotheker.

Der Apotheker kommt heraus.

Apotheker. Wer ruft so laut?

Romeo. Komm hervor, Mann! Ich sehe, du bist arm; sieh, da sind vierzig Ducaten, gieb mir eine Drachme Gift davor, von so schneller Würkung, daß es sich in einem Augenblik durch alle Adern verbreite, und der Lebens-überdrüssige, der es einnimmt, so plözlich und mit solcher Gewalt des Athemholens entladen werde, als das unaufhaltsame Pulver, sobald es sich entzündet, aus dem fatalen Bauch einer Canone losbricht.

Apotheker. Dergleichen tödtliche Präparata hab' ich; aber das Gesez ist Tod für den, welcher sie hergiebt.

Romeo. Bist du so nakend und mit Elend beladen, und fürchtest den Tod? Hunger sizt auf deinen Wangen, Mangel und Kummer schauen aus deinen holen Augen hervor, Verachtung und Betteley hangen auf deinem Rüken, und du fürchtest den Tod? Die Welt ist nicht dein Freund, und ihr Gesez auch nicht; die Welt giebt kein Gesez dich reich zu machen; sey also klüger, brich es, und nimm mein Gold.

Apotheker. Meine Dürftigkeit williget ein, nicht mein Wille.

Romeo. Auch bezahl' ich nicht deinen Willen, sondern deine Dürftigkeit.

Apotheker. Gießt dieses in was für einen Liquor ihr wollt, und trinkt es aus; und wenn ihr die Stärke von zwanzig Männern hättet, so wird es euch in die andre Welt schiken.

Romeo. Hier ist dein Gold; ein schädlichers Gift für die Seelen der Menschen, und welches mehr Mordthaten in dieser heillosen Welt verursacht, als diese arme Quaksalbereyen, die du nicht verkauffen kanst: Ich habe dir Gift verkauft, nicht du mir – – fahre wohl, kauf dir zu essen, und mach, daß du zu Fleisch kommst – – Komm, Herz-Stärkung, nicht Gift; komm mit mir, wo ich dich brauche, zu Juliettens Grab.

(Sie gehen ab.)

Zweyte Scene

Verwandelt sich in das Kloster zu Verona.

Bruder Johann tritt auf.

Johann. Ehrwürdiger Sohn des heiligen Franciscus, Bruder! he!

Bruder Lorenz kommt heraus.

Lorenz. Das sollte Bruder Johanns Stimme seyn – – Willkommen von Mantua; was sagt Romeo? Oder habt ihr mir einen Brief von ihm?

Johann. Da ich abreisen wollte, gieng ich, einen Baarfusser-Bruder von unserm Orden zum Reise-Gefährten zu suchen, der hier in der Stadt war, um Kranken beyzustehen. Ich fand ihn; aber wie wir aus dem Hause gehen wollten, kamen die Visitatoren der Stadt, und weil sie einen Argwohn hatten, daß in dem Hause worinn sie uns fanden, eine anstekende Krankheit grassiere, versiegelten sie die Thüren und liessen uns nicht fort; so daß also meine Reise nach Mantua unterbleiben mußte.

Lorenz. Wer brachte dann dem Romeo meinen Brief?

Johann. Ich konnt' ihn nicht fortschiken, hier ist er wieder; ich konnte nicht einmal jemand finden, der ihn dir wiedergebracht hätte, so groß war ihre Furcht, sie möchten angestekt werden.

Lorenz. Das ist ein unglüklicher Zufall! Bey meinem Ordens-Gelübd, der Brief enthielt Sachen von der grössesten Wichtigkeit, und diese Versäumung kan böse Folgen haben. Bruder Johann, geh, schaff mir ein Brech-Eisen und bring mirs in meine Celle.

Lorenz. Nun muß ich allein in die Gruft; in den nächsten drey Stunden wird die schöne Juliette erwachen – – Wie wird sie über mich schmählen, daß ihr Romeo von allen diesen Vorfällen keine

Nachricht bekommen hat! Aber ich will noch einmal nach Mantua schreiben, und sie indeß in meiner Celle verbergen, bis Romeo kommt. Arme lebende Leiche, ich eile, dich aus deiner Todten-Gruft zu ziehen! – –

(Er geht ab.)

Dritte Scene

Verwandelt sich in einen Kirchhof – – auf demselben die Familien-Gruft der Capulets.

Paris und sein Edelknabe, mit einer Fakel, treten auf.

Paris. Gieb mir deine Fakel, Junge: Geh und steh von Ferne. Doch nein, lösche sie aus, ich möchte nicht gesehen werden – – Leg dich, so lang du bist, unter jenen Taxus-Bäumen hin, und halte dein Ohr dicht an den hohlen Boden, so wird kein Fuß auf diesen Kirchhof treten können, ohne daß du es hörst; und sobald du hörst, daß sich etwas nähert, so zische mir zu; das soll das Zeichen seyn. Gieb mir diese Blumen – – thu, was ich dir sage, geh.

Edelknabe. Ich fürchte mich herzlich, so allein hier auf dem Kirchhof zu seyn, und doch will ich es wagen.

(Geht ab.)

Paris *(geht an die Gruft, und streut Blumen über sie.)*
Anmuthsvolle Blume! So bestreu' ich mit Blumen dein Brautbette: Schöne Juliette, nun die Gespielin der Engel, nimm dieses lezte Merkmal der Liebe, von einem der im Leben dich verehrte, und nun im Tode – – *(der Knabe zischt)* Der Junge giebt ein Zeichen, es nähert sich was – – was für verfluchte Füsse wandern in dieser späten Nacht hieher, mich in den zärtlichen Gebräuchen der traurenden Liebe zu stören? – – Wie? ein Licht? Verhülle mich eine Weile, o Nacht – –

(Er geht bey Seite.)

Vierte Scene

Romeo und Balthasar mit einem Lichte.

Romeo. Gieb mir den Karst und das Heb-Eisen. Hier, nimm diesen Brief, und sieh daß du ihn morgen früh meinem Herrn und Vater überlieferst. Gieb mir das Licht; so lieb dir dein Leben ist, befehl' ichs dir, du magst hören oder sehen, was du willst, so bleib von ferne stehen, und unterbrich mich nicht in meinem Vorhaben. Warum ich in diese Gruft herabsteige, ist, theils meine Geliebte noch einmal zu sehen, hauptsächlich aber um von ihrem todten Finger einen kostbaren Ring zu ziehen, einen Ring den ich zu einem wichtigen Gebrauch nöthig habe; entfern dich also von hier, geh – – unterfängst du dich aber aus Fürwiz zurükzukehren, um zu sehen, was ich noch mehr zu thun im Sinn habe, beym Himmel, so will ich dich Gelenk für Gelenk in Stüke reissen, und diesen hungrigen Kirchhof mit deinen Gliedern bestreuen. Die Zeit und meine Absichten sind grausam und wild, grimmiger und unerbittlicher als blut-lechzende Tyger und die heulende See.

Balthasar. Ich will gehen, Gnädiger Herr, und euch nicht stören.

Romeo. So kanst du mir deine Freundschaft beweisen – – Nimm du das; leb und sey glüklich, fahrwohl, guter Junge.

Balthasar *(im Weggehen vor sich.)*
Das alles ist mir ein desto stärkerer Beweggrund, mich hier in der Nähe zu verbergen. Ich fürchte seine Blike, und zweifle, daß er was Gutes im Sinn habe.

Romeo. Du abscheulicher Schlund, verfluchter Rachen des Todes, der das kostbarste was die Welt hatte, verschlungen hat, so zwing ich deine morschen Kinnbaken sich zu öfnen, *(er bricht die Gruft auf)* um dich mit Gewalt mit noch mehr Speise vollzustopfen.

Paris *(kommt hervor.)*
Diß ist der verbannte übermüthige Montague, der den Vetter meiner Geliebten erschlug, (welches durch den Kummer den sie darüber hatte, wie man glaubt, die Ursach ihres Todes gewesen ist), und nun ist er gekommen, irgend eine niederträchtige Schmach an ihren Leichnamen auszuüben: Ich will ihn anhalten – – Halt ein mit deiner verdammlichen Arbeit, nichtswürdiger Montague: Willt du deine Wuth bis auf die Todten ausdehnen? Verurtheilter Bösewicht, ich bemächtige mich deiner; gehorche, geh mit mir, du must sterben.

Romeo. Ich muß, in der That, und darum kam ich hieher – – Guter junger Mensch, reize nicht einen verzweifelnden Mann; flieh von hinnen, und laß mich: Denk an diese, die hier ligen, und laß sie dich schreken. Ich bitte dich, Jüngling, häuffe nicht noch eine neue Sünde über mein Haupt, treibe mich nicht zur Wuth. O geh! Beym Himmel! ich liebe dich besser als mich selbst; denn ich bin gegen mich bewaffnet hieher gekommen. Verweile nicht, geh, und sage, daß du dein Leben der Barmherzigkeit eines rasenden Mannes zu danken habest.

Paris. Ich verschmähe dein Mitleiden, und arrestiere dich hier als einen Hochverräther.

Romeo. So willst du mich denn mit Gewalt reizen? Hab es dann an dir selber, Junge.

(Sie fechten. Paris fällt.)

Edelknabe. O Gott, sie fechten, ich will gehen und die Wache holen.

Paris. Oh, ich bin des Todes; wenn du einiger Erbarmung fähig bist, so öffne die Gruft und lege mich zu Julietten.

(Er stirbt.)

Romeo. Auf meine Ehre, das will ich: Laß mich dieses Gesicht in der Nähe besehen – – Mercutio's Vetter! der edle Graf Paris! was sagte mir mein Diener unterwegs, indem meine im Sturm herumgewälzte Seele nicht darauf Acht gab, was er sagte – – Mich däucht, er erzählte mir, Paris habe Julietten heurathen sollen. Sagte er das nicht? oder träumte mir's nur? Oder bin ich unsinnig, daß ich mir einbilde es sey so, weil ich ihn so zärtlich von Julietten reden hörte? – – O gieb mir deine Hand, du, den das Schiksal in mein Unglük verflochten hat, ich will dir ein beneidenswürdiges Grab gewähren – – Ein Grab? O nein, eine Glorie, ermorderter Jüngling; denn Juliette ligt hier, und ihre Schönheit erfüllt diese grauenvolle Gruft mit Licht und Herrlichkeit; Todter, lige du hier, von einem Todten begraben.

(Er legt ihn in die Gruft.)

Wie oft ist es schon begegnet, daß Sterbende kurz vor ihrem lezten Augenblik noch aufgeräumt gewesen sind – – O gönne mir noch einen solchen Augenblik! – – Meine Geliebte, mein Weib, der Tod, der den Honig deines Athems aufgesogen, hat noch keine Gewalt über deine Schönheit gehabt; du bist nicht besiegt; noch schwebt die purpurne Fahne der Schönheit auf deinen Lippen und Wangen, und die blasse Flagge des Todes ist hier noch nicht aufgestekt – – Tybalt, ligst du hier in deinem blutigen Leichen-Tuch? O was kan ich mehr thun, wie kan ich dich besser rächen, als eben diese Hand, die dein jugendliches Leben geendigt hat, gegen deinen Mörder zu gebrauchen? Vergieb mir, theurer Vetter! – – Ach! liebste Juliette, warum bist du noch so schön? Soll ich glauben, der unwesentliche Tod sey in dich verliebt worden, und das dürre scheußliche Ungeheuer unterhalte dich hier im Dunkeln, um seine Liebste zu seyn? Aus Furcht es möchte so seyn, will ich immer bey dir bleiben, und von diesem Augenblik diesen Palast der düstern Nacht nimmermehr verlassen; hier, hier will ich bleiben, bey den Würmern, die deine Kammer-Mädchen sind; hier will ich eine immerwährende Ruhe finden, wenn ich das tyrannische Joch erboßter Sterne von diesem Lebens-überdrüssigen Fleisch abgeschüttelt habe – – Mein Auge, sieh' sie zum leztenmal an;

umfanget sie zum leztenmal, meine Arme, und ihr, siegelt, o meine Lippen, mit dem lezten Kuß dem wuchernden Tod eine Verschreibung, die nie wieder abgelößt werden kan – – Diß, meine Liebe, trink ich dir zu! – – o ehrlicher Apotheker, *(er trinkt das Gift aus,)* Deine Tränke würken gut – – Noch diesen Kuß.

(Er stirbt.)

Bruder Lorenz mit einer Laterne, einem Brech-Eisen, und einer Spathe.

Bruder Lorenz. St. Franciscus steh mir bey! Wie manchmal haben schon in später Nacht meine alten Füsse an Gräbern gestolpert! Wer ist hier?

Balthasar kommt hervor.

Balthasar. Ein Freund, der euch wol kennt.

Lorenz. Heil sey dir! Sage mir, guter Freund, was für eine Fakel seh ich dort, die ihr Licht so vergeblich Würmern und auglosen Schädeln leiht? Wie mich däucht, so brennt sie in der Gruft der Capulets.

Balthasar. Es ist würklich so, heiliger Vater, und derjenige, der darinn ist, ist mein Herr, einer von euern liebsten Freunden.

Lorenz. Wie nennt er sich?

Balthasar. Romeo.

Lorenz. Wie lang ist er schon da?

Balthasar. Eine volle halbe Stunde.

Lorenz. Geh mit mir in die Gruft.

Balthasar. Ich habe das Herz nicht, ehrwürdiger Herr – – Mein Herr weiß nichts anders als daß ich weggegangen sey, und bedräute mich auf eine fürchterliche Art, daß er mich umbringen wolle, wenn ich zurükbleiben und sein Vorhaben belauschen würde.

Lorenz. So bleibe du hier, ich will allein gehen – – mich kommt ein Grauen an – – ich fürcht', ich fürcht' es ist ein Unglük geschehen.

Balthasar. Wie ich unter diesem Taxus-Baum schlief, da träumte mir mein Herr und ein andrer fechten mit einander und mein Herr habe ihn erschlagen.

Lorenz *(bey dem Eingang der Gruft.)*
Romeo! O Himmel! was bedeutet dieses Blut das den steinernen Eingang dieser Gruft beflekt? Was bedeuten diese herrenlose Schwerdter, die mit geronnenem Blut beschmizt an diesem Ort des Friedens ligen? Romeo! o Gott, ohne Leben! und dieser? – – Wie? Paris? – – im Blute schwimmend? Ha, was für eine unselige Stunde ist an diesem jammervollen Zufall schuldig? – – Das Fräulein rührt sich – –

Juliette *(erwachend.)*
O Trostbringender Vater! wo ist mein Gemahl? Ich erinnre mich wohl, wo ich seyn soll, und ich bin da – – Aber wo ist Romeo?

Lorenz. Ich hör ein Getöse – – Fräulein, komm hervor aus dieser Höle des Todes, der Verwesung und des unnatürlichen Schlafs; eine grössere Macht, als der wir wiederstreben könnten, hat unsern Entwurf durchschnitten; komm, komm mit mir – – dein Gemahl ligt todt hier, und Paris auch – – Komm, ich will dich in ein Kloster von heiligen Schwestern führen: Halte dich nicht mit Fragen auf, ich sehe die Wache kommen – – Komm, geh, liebste Juliette; ich kan nicht länger bleiben – –

(Er geht.)

Juliette. Geh, geh du, und laß mich hier bleiben – – Was ist hier? Ein Becher, in meines Geliebten Hand? – – Gift, wie ich seh, ist sein unzeitiger Tod gewesen – – O du Unfreundlicher, alles auszutrinken, und nicht einen freundschaftlichen Tropfen übrig zu lassen, der mir dir nach helfe! Ich will deine Lippen küssen; vielleicht hängt noch so viel Gift daran, als ich nöthig habe – – Deine Lippen sind noch warm – –

Der Edelknabe, mit der Wache treten auf.

Wache. Weis' uns den Weg, Junge.

Juliette. So? Kommt jemand? So will ich's kurz machen – – *(sie findt einen Dolch.)* O glüklicher Dolch! hier ist deine Scheide, hier roste und laß mich sterben.

(Sie ersticht sich.)

Knabe. Hier ist der Ort; dort, wo die Fakel brennt.

Wache. Der Boden ist voller Blut. Sucht auf dem ganzen Kirchhof, geht, etliche von euch, macht feste wen ihr findet. Erbärmlicher Anblik! Hier ligt der Graf erschlagen, und Juliette in ihrem Blut, noch warm, und kaum entseelt, die doch diese zween Tage schon hier begraben gelegen ist. Geht, zeigt es dem Fürsten an, rennt zu den Capulets, wekt die Montaguen auf – – Und ihr andere sucht – – Die Umstände allein können diese klägliche Begebenheit begreiflich machen.

Etliche Wächter mit Balthasar.

2. **Wächter**. Hier ist ein Bedienter von Romeo, den wir auf dem Kirchhof gefunden haben.

1. **Wächter**. Haltet ihn auf, bis der Fürst kommt.

Ein andrer Wächter, mit Bruder Lorenzen.

3. **Wächter**. Hier ist ein Franciscaner, der zittert, ächzt und weint; wir fanden dieses Brech-Eisen und diese Spathe bey ihm, und er kam von dieser Seite des Kirchhofs her.

1. **Wächter**. Das ist sehr verdächtig; haltet ihn auch auf.

Fünfte Scene

Der Fürst und sein Gefolge, treten vorn auf der Schaubühne auf.

Fürst. Was für ein Unheil ist so früh auf, daß es uns aus unserm Morgen-Schlaf wekt?

Capulet und Lady Capulet, treten auf der andern Seite auf.

Capulet. Was mag das seyn, daß ein so gräßliches Geschrey auf den Strassen ist?

Lady Capulet. Die Strassen sind voll Volks das Romeo schreyt; einige schreyen, Juliette; einige Paris; und alle rennen mit Entsezen und Geschrey unserm Begräbniß zu.

Fürst. Was für Töne des Schrekens stürzen sich in unser Ohr?

1. **Wächter**. Gnädigster Herr, hier ligt der Graf Paris ermordet, und Romeo todt, und Juliette, die zuvor todt war, warm, und vor wenigen Minuten umgebracht.

Fürst. Sucht, forscht nach, und späht aus, woher diese scheußliche Mordthaten kommen?

1. **Wächter**. Hier ist ein Mönch, und des erschlagnen Romeo's Diener, die mit Werkzeugen, diese Todten-Gräber aufzubrechen, ertappt worden sind.

Capulet. O Himmel! – – O Weib! Sieh, wie unsre Tochter blutet! Dieser Dolch hat sich verfehlt; sieh, die Scheide ligt auf dem Rüken des Montaguen, und die entblößte Klinge in meiner Tochter Busen – –

Lady Capulet. O Gott, dieser Anblik ist wie eine Todten-Gloke, die meinem grauen Alter zu Grabe läutet.

Montague zu den Vorigen.

Fürst. Komm, Montague – – und sieh hier deinen einzigen Sohn und Erben – –

Montague. Weh mir! – – Mein Weib, Gnädigster Herr, ist in dieser Nacht verschieden – – Der Gram über ihres Sohnes Verbannung hat ihr das Herz gebrochen – – Was für ein neues Weh verschwört sich gegen mein graues Alter?

Fürst. Schau hieher, so wirst du's sehen.

Montague. O du Uebelgezogner, was für Lebens-Art war das, dich vor deinem Vater so in's Grab zu drängen?

Fürst. Haltet noch mit euern Klagen ein, bis wir diese verworrene Geschichte ins Klare gesezt, und ihren Ursprung und wahren Hergang herausgebracht haben; alsdann will ich selbst der Anführer euers Klag-Geschreys seyn – – Bis dahin, haltet inn! – – bringet die verdächtigen Personen herbey!

Bruder Lorenz. Ich, der unvermögendste, bin derjenige, den der stärkste Verdacht drükt; Zeit und Ort scheinen mich dieses gräßlichen Mords anzuklagen; und hier steh ich, zugleich mein eigner Ankläger und Advocat zu seyn.

Fürst. So sage dann, ohne Umschweiffe, was dir davon bekannt ist.

Bruder Lorenz. Ich will kurz seyn, mein Athem ist ohnehin nicht lang genug für eine langweilige Historie. Romeo, der hier todt ligt, war Juliettens Gemahl, und Sie, die hier todt ligt, Romeo's getreues Weib: Ich segnete ihre Ehe ein; und der Tag ihrer heimlichen Vermählung war Tybalts Sterb-Tag, dessen unzeitiger Tod den neuen Bräutigam aus dieser Stadt verbannte, und dieses, nicht Tybalts Tod, war die Ursache von Juliettens Gram. Ihr, *(zu Capulet)* um ihr diesen Kummer aus dem Sinn zu bringen, versprachet sie dem Grafen Paris, und waret im Begriff, sie zu dieser Heurath mit Gewalt zu zwingen. In diesen Umständen kommt sie zu mir, und, mit wilden Bliken, bittet sie mich daß ich ihr ein Mittel an die Hand gebe, diese zweyte Heurath zu vermeiden, oder sie wolle sich in meiner Celle selbst ums Leben bringen. In diesem schwürigen Augenblik kam mir meine Wissenschaft zu Hülfe; ich gab ihr einen Schlaf-Trunk, dessen Würkung meiner Absicht vollkommen antwortete – – denn er sezte sie in einen Zustand, der dem Tode so gleich sah, daß sie für eine Leiche angesehen, und so behandelt wurde. Inmittelst schrieb ich an Romeo, und bestellte ihn, daß er in eben dieser schreklichen Nacht, als der Zeit, worinn die Würkung des Tranks zu Ende gehen würde, hieher kommen, und mir helfen möchte, sie aus ihrem geborgten Grabe heraus zu holen. Allein, Bruder Johann, der ihm meinen Brief überbringen sollte, wurde durch einen Zufall aufgehalten, und gestern kam mein Brief mir wieder zu; ich war also genöthigt, um die bestimmte Zeit ihres Erwachens ganz allein hieher zu kommen, und sie aus der Gruft ihrer Familie zu befreyen: Des Vorhabens, sie so lange in meiner Celle verborgen zu halten, bis ich Gelegenheit fände, den Romeo hieher zu beruffen. Aber wie ich kam, (wenige Minuten vor ihrem Erwachen) da lag der edle Paris hier erschlagen, und der allzugetreue Romeo todt. Sie erwacht, und ich bitte sie inständigst mit mir zu gehen, und diese Schikung des Himmels mit Geduld zu tragen: Allein ein Getöse, das ich gleich darauf hörte, scheuchte mich von der Gruft weg, und sie, verzweifelnd und entschlossen zu sterben, wollte nicht mit mir gehen, sondern legte, wie es scheint, gewaltsame Hand an sich selbst. Alles dieses weiß ich, und von der heimlichen Heurath kan auch ihre Amme Zeugniß geben: Ist aber in allem diesem etwas durch meine Schuld gefehlt und zu diesem unglüklichen Ausgange gebracht worden, so laßt immer mein altes Leben, etliche Stunden vor meiner bestimmten Zeit, der Strenge des Gesezes aufgeopfert werden.

Fürst. Wir haben dich jederzeit als einen heiligen Mann gekannt. Wo ist Romeo's Diener? Was kan Er von der Sache berichten?

Balthasar. Ich brachte meinem Herren die Zeitung von Julia's Tod, und sogleich kam er mit Post-Pferden von Mantua hieher, unmittelbar hieher, zu dieser nehmlichen Gruft; übergab mir diesen Brief an seinen Vater, und dräute mir, indem er auf die Gruft zugieng, den Tod, wenn ich nicht weggehen und ihn allein lassen wollte.

Fürst. Gieb mir den Brief, ich will ihn übersehen – – Wo ist des Grafen Knabe, der die Wache herbeyholte? Bursche, was machte dein Herr an diesem Orte?

Knabe. Er kam, das Grab seiner Geliebten mit Blumen zu bestreuen, und befahl mir von Ferne stehn zu bleiben, wie ich auch that; bald darauf kommt einer mit einem Licht, die Gruft zu öffnen, und augenbliklich zieht mein Herr den Degen gegen ihn; und da lief ich und holte die Wache.

Fürst. Dieser Brief bekräftiget die Erzählung des Ordens-Manns – – und hier schreibt er, daß er Gift von einem armen Apotheker gekauft, und damit in diese Gruft gekommen sey, um zu sterben und in Juliettens Grab zu ligen – – Wo sind diese Feinde? Capulet! Montague! Seht hier die Ruthe, womit euere Unversöhnlichkeit gezüchtiget wird; seht wie der Himmel Mittel findet, durch die Liebe selbst die Freuden euers Lebens zu tödten. Auch ich, weil ich zuviel Nachsicht gegen euere Uneinigkeiten hatte, habe zween Verwandte verlohren: Wir sind alle gestraft!

Capulet. O Bruder Montague, gieb mir deine Hand; das ist meiner Tochter Witthumb – – mehr kan ich nicht verlangen.

Montague. Aber ich kann dir mehr geben; denn ich will ihre Bild-Säule von gediegnem Gold aufstellen, daß, so lange Verona diesen Namen trägt, kein Denkmal dem Denkmal der zärtlichen und getreuen Juliette gleich geschätzt werde!

Capulet. Eben so glänzend soll Romeo bey seiner Gattin ligen; theure, unglükliche Opfer unsrer unseligen Feindschaft!

Fürst. Dieser Morgen bringt uns einen düstern Frieden, und die Sonne selbst scheint trauernd ihr Haupt verhüllt zu haben – – Geht, und erwartet unsre Entscheidung, was in diesem unglüklichen Handel Strafe und was Verzeihung verdient – –